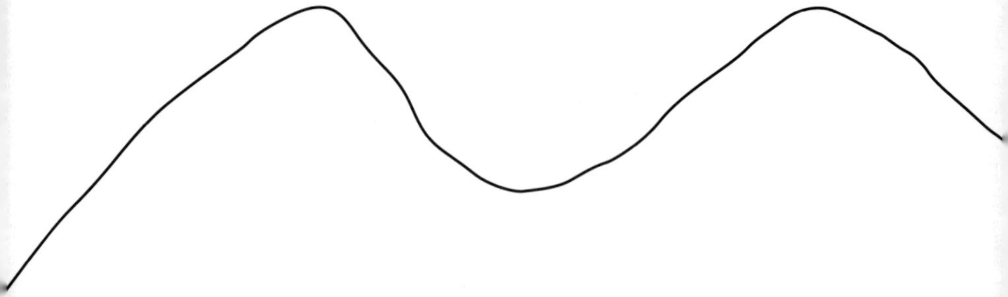

金耳山奇遇記

黃敏華

The Adventures of Golden Ears

序　不在場的愛

董啟章

如果你是黃敏華的舊讀者，已經看過她的《一直到彩虹》的話，這本《金耳山奇遇記》可以是前作的延續。如果你是第一次讀黃敏華的小說，也無妨，把《金耳山奇遇記》當作全新的書來看也可以。讀完之後，最好當然是回頭去看《一直到彩虹》。不是說一定要這樣做，但兩本書並讀，肯定會獲得一加一大於二的得著。

《金耳山奇遇記》有黃敏華一直關心的題材，和喜愛的敘事方式，但也有創新的嘗試。要簡單地介紹這個故事好像很容易：一個加拿大華人家庭，妻子突然離去（沒有明確交代原因），剩下丈夫獨力照顧一對年幼子女。有一天他們收到一個不知是誰寄來的郵包，裏面有一套叫做《小鼴鼠妙妙奇遇記》的繪本。然後一家三口便出發到山上露營，遇到了各種奇怪的事情。一個看似日常的故事，以平淡的口吻說出，令人以為只是閒話家常，但讀下去卻處處有驚喜。

《小鼴鼠妙妙奇遇記》原本是一套上世紀六、七十年代的捷克動畫，創作者是 Zdeněk Miler。改編成繪本並且譯成中文，是後來的事。動畫版非常樸素，幾乎沒有對話，但單靠畫面和動作便已經非常傳神，配樂也很活潑動聽。我兒子小時候很喜歡看，一邊看一邊自己在大笑。後來我在台北書展看到中譯繪本，總共三大輯，不嫌厚重立即買了。但兒子日漸長大，對繪本興趣大減，這套書便給擱在一旁。那年春天我到溫哥華卑詩大學演講，順道探望黃敏華一家。知道她的大女兒喜歡看書，又在學中文，名字剛巧又叫做妙妙，於是便帶了《小鼴鼠》第一輯給她。（更早之前我已寄了一套動畫版 DVD 過去。）隔了一段日子，她問我有沒有第二和第三輯，但我已經在搬家時把它們捐出去了。於是便唯有到網上去搜尋。黃敏華把得到這套書的因緣，轉化成小說情節，寫進《金耳山奇遇記》裏。在小說中，送書者的角色給抹掉了，成了一個不知名的神秘人。我現在爭著出來自認，希望不會破壞讀者的想像。

由一本奇遇記，啟發另一本奇遇記；由閱讀啟發創作。這不單是《金耳山奇遇記》的創作源起和方法，也是它的主題。這是一本關於閱讀和創作的書，但它也同時是一本關於生活、家庭、親子關係，以至於夫妻關係的書。關於前者的書不少，關於後者的更多，但是把兩者連在一起的則較少見。這是《金耳山》的獨特之處。坊間常常說甚麼「親子共讀」，不過停留在如何促進孩子的閱讀興趣的層次。黃敏華所做的遠遠不止於此。小說中的真實與幻想不分的手法，以及互相對照的敘事層，都說明了情感關係的維持，本身就是一種閱讀能力和創造能力。

《金耳山》和《小鼴鼠》的呼應之處，除了是在情節內容的推進上，還有那種兒童故事式的漫遊結構、看似不合邏輯的奇想，以及漫畫式的人物描寫。父親和孩子們不但一起讀故事，還不斷地隨興編造故事，然後在露營期間又一起掉進奇異故事的經歷。虛構故事和現實經歷內外不分，互相交織。父親由一個手忙腳亂的照顧者，和不解兒童心理的理性成人，半被迫地進入一段新的學習過程，後來竟然變成一個既懂得欣賞故事，甚至能自行創作故事的人。最後這一點拉近了他和已離去的妻子的距離，增加了對她的了解。

雖然主體故事部份的敘事者是父親，但啟動和推進故事的能量，卻來自一對子女。分別升上初小和還在念幼兒班的大女兒和小兒子，其實才是故事的大師。表面看兩姐弟好像總是在胡言亂語，或者提出一些天真無知的問題，但他們無心的童言往往最能戳中重點，令父親經常招架不住。黃敏華寫孩子非常拿手，一方面是身為兩孩之母的親身經驗所致，另一方面也得力於小說家的觀察力和描繪力。最重要的是作者沒有把孩子當作要教導的對象，而是真心尊重和欣賞他們的奇思異想。孩子們不再是被動的 characters，也成了主動的 actors 甚至是 authors。《金耳山》雖然不是一本孩子能讀懂的書，但當中洋溢著真摯和濃厚的童趣，讓成人讀者如我也感受到那份單純的歡樂和暖意。

小說最耐人尋味，也最富有挑戰性的，是母親／妻子的不在場。這個空掉了的中心位置，早已見於黃敏華的上一本小說《一直到彩虹》。這部「尋妻小說」環繞著失蹤的妻子展開。我們可以說《金耳山》沿用了相似的設置。但是在新作中，妻子為何離去已經不是重點。重點已經轉移到「當妻子離去已成事實，丈夫和孩子如何好好活下去」這個主題。不是如何忘掉妻子和母親離去的傷痛，而是如何帶著妻子和母親的美好回憶，就好像她未曾離去一樣，「共同」生活下去。但是，妻子／母親實際上已經不在身邊，談何「共同生活」？小說告訴我們：可以的。通過故事，通過閱讀和寫作，縱使時空相隔，心意也可以互通。於是便有了父親所寫的故事、子女所創作的故事，以及母親寫給孩子的談寫作的信。在父親的敘述和子女的談話中，時刻存留著妻子/母親的生活痕跡，而母親的信則充滿著對子女未來的想像。最後給人的感覺是，他們並沒有真正分開，而是通過文字繼續共生。

妻子/母親在寫給孩子的七封信中，記述了七次參加網上小說創作課的經歷，談論了七個關於寫作的課題，包括故事的開始和結局。獨立地看，可以當作七篇寫作反思文章來閱讀。對任何一個有意寫作，或者至少有興趣了解寫作背後的種種考慮的讀者來說，這些篇章提出了一些很值得思考的問題。在這層意義下，《金耳山》也可以說是一本談論小說的小說。但這些問題也反過來關係到小說本身的內容，成為了母親與子女分享人生觀的談話。由此我們知道，人生觀和寫作觀並不是兩回事，而是互相映照和啟發的。

也許小說給讀者最大的懸念，是妻子/母親為何和以何種方式離開。黃敏華刻意不給出一個直接的答案，但是從妻子/母親的信中，可以推想她在疫情期間逝世，也即是參加網上寫作班之後。那些由「已經死去的她」所寫的「來自另一時空的信」，究竟真的會送達子女的手上，而被他們讀到，還是只是作者單方面的抒發，我們無法確知。而「另一時空」指的是一個實在的地方，還是某種想像的存在狀態，也可以有不同的解讀。但正如父親的部份可能是他創作的小說（但在其中他又被孩子的創作所主導），母親的部份也不一定要當作真實的信件看待。

與其試圖尋找一個合乎現實的解釋，我認為更適宜把它視為一個情感的假設性實驗，當中的提問是——對象不在場，還能愛嗎？也即是，愛能超越實體、跨越時空嗎？這是一種關係的反證法——設想你失去所愛的人，在對方不在場的情形下，愛還能保存嗎？還能維繫嗎？還能發展嗎？黃敏華的實驗結果指出：可以的，但需要通過一層轉折，也就是閱讀和創作。閱讀代表理解能力和願意理解的心，創作代表對情感的生生不息的無限寄望。要培養情感的閱讀力和創作力，我們需要狹義的閱讀和寫作，也即是需要故事。故事是人與人情感的連結和載體。寫故事的人與讀故事的人可能素未謀面，海角天涯，古今相隔，甚至死生契闊，但在故事這個共同領域，大家都「在場」而且「共在」。連陌生人也可以這樣，本身有親密關係的人便更加如此。

如果不在場也能愛，在場的為何不能？為何天天共處會心生怨懟和厭倦，甚至互相傷害？也許這是因為，大人們早已不懂和不願讀故事和講故事。通過故事，我們得到共鳴、共感、同理心。孩子天生懂得這個。孩子能做的，大人卻不能，我們不是應該回頭好好向孩子學習嗎？不要以為身為家長，是大人給小孩子講故事。事實上真正懂故事的是小孩子，不是大人。對孩子來說，所有故事也是奇遇記。而人生也一樣，充滿驚奇、樂趣和互愛。

黃敏華通過「自己」的不在場來反證愛，也間接證明了，故事本身就是愛的場所。只要有愛，大家都在。

目錄

第2部　三個人一起創作的故事・來自另一時空的信

第(1)部

不知誰寄來的書

Part 1 /

Books from an unkown sender

1 陪孩子上學的日子

二〇二一年夏季的第一天，萬里無雲。

無法在調色板上找到能夠媲美的藍像無盡的傘，撐開了全球疫情無限延續的一切陰暗、沒完沒了的疲憊、無法預料的不安，似乎預告了這個夏天的歡樂會有一定保證。

陪孩子上學的日子還有多久？

這個問題他從前真沒有想過。但自問題一出現，便像惡性細胞那樣在身心各處無限地擴散開去。

這天，是他女兒上小學第一年的最後一個上學天。

其實自六月初開始，上學已變成純粹玩樂：畫畫、做手工，甚至玩 iPad、看電影，到外面玩的時間比待在課室的時間還要多，加上前所未有的酷熱天氣，二十多個小孩塞在沒有冷氣的課室內有中暑危機，就更有理由在校園的林蔭範圍打發時間，玩玩泥沙，數數花朵。兩星期下來，小孩都曬得黑黑的，每天能喝下幾公升的水。

想不到這個特別的學年就這樣過去。

回想去年二〇二〇年初，全球疫情終於蔓延到來，政府堅持不想影響學生正常上課，決定如常開學。在沒有選擇之下，家長都嚴陣以待，口罩面罩消毒液，洗手洗手別要接觸不必要的東西和人。同時心裏作出最壞打算，自欺欺人也好，聽天由命也好，或索性想像真的能一切交託給上天。學校也作出多項聊勝於無的抗疫措施：分段上下課時間、小息有指定範圍並且不能與其他班一起、飲水機被圍封、低年級要自行帶玩具回校、圖書館的書不能借回家等，而且聖誕節及所有娛慶表演全部取消，各種校外旅行及工作坊、課餘活動等等通通暫停，家長也不能再踏足校園半步。起初大家以為到了夏天疫情便會自動消失，然而那只是癡心妄想，入院數字高處未算高，疫苗未及研發，新的學年又告來到。

女兒升小學是重要的時刻，當時他更特意請了兩天假，好好準備她上學。

撇開疫情，上小學是人生大事，對女兒、對他自己，甚至對年幼的兒子。他們的生活及時間表都有了非常大的轉變。譬如說，從此以後的每個早上在煮早餐的同時也要為女兒準備午餐、小吃及水果帶回學校。而女兒是出了名的挑吃而且吃的速度十分慢，在家吃飯一般要一個多小時。難以相信的是小學的午飯時間竟然只有那麼十五至二十分鐘，扣除上洗手間如廁及排隊洗手的時間，拿出飯盒和水壺，走回桌子坐下，然後研究一下別人帶了甚麼款式的午餐，談談當天有沒有甜品等等，幾乎就只剩下五分鐘了。

他不肯定女兒會不會記得他說的關於防疫和吃飯的各樣叮囑。因為不放心，那兩天他都在小息時間回去學校偷看。知道女兒有在操場跟新認識的同學一起玩，看到她有戴口罩，便跟兒子去買菜，然後又折返觀察她吃午飯的情況。

從街上遠遠隔著課室的窗戶看到女兒左顧右盼，就是完成不到將食物放進口這動作，叫人乾著急。身旁的兒子將剛才在超級市場買的冬甩一口吞下去，只剩下嘴角的糖粉是它曾經存在的證據。吃的能力，應是與生俱來，但這一代孩子，好像都漸漸失去餓的本能。

看到課室內老師拍了幾下無聲的手勢，應該是示意午飯時間已夠了。女兒的午餐，就那樣幾乎原封不動地滾回書包去。她也沒喝過一口水。直到放學，也沒上過洗手間。那一刻，他感到事前的叮囑和心機都是白費的。

當天放學回家後，女兒在沙發上沒換衣服就睡了，晚餐前喝了一大杯牛奶，然後好像甚麼都不想做，像快要沒電的洋娃娃。

小孩的飲食，他仍然未有足夠的了解，對於他們的口味及習慣，仍需努力去參透。

第二朝早女兒要求他弄一些「其他的午餐」。

「甚麼是其他的午餐？」

女兒說，不要帶昨晚的剩飯，那些昨晚已吃過了，而且暖壺不太保暖，拿出來飯是冷冷的。

他還以為九月尚未轉涼的天氣，小人兒不會要求吃熱騰騰的飯。而且疫情嚴峻，午餐最好以簡單為主，快快吃完填飽肚子戴回口罩為上吧。

那不如弄三文治？也算是簡單的午餐，而且冷吃也可以。

女兒卻說：「三文治也可以，但不能天天，我要其他的，像同學吃的，一個盒內有很多種不同東西的，有壽司、水果、乳酪、雞蛋、曲奇、芝士和朱古力奶那樣。」

聽來簡直是一餐盛宴。

「但午飯只有十五分鐘，而你吃得那麼『快』——」他把「快」字故意說得很慢。「昨天的午餐都給你浪費掉了！」真的，帶回來的飯早已變得乾硬，連番拍著壺底，也沒能將冷飯倒出來，像冥頑不靈的死囚，在行刑前作最後的掙扎。

於是他沒理會女兒的要求，照樣把前一晚的剩菜放進飯壺。這次他學著育兒群組的建議，先把熱水放進飯壺把它弄熱，可將食物的溫度保存更久。

可是帶回來的仍是絲毫未動的狀態。

「你空著肚子一整天？不餓嗎？」他很生氣。

「沒有一整天，只是半天。我有吃早餐的。」女兒有合理的解釋。

「這樣是浪費食物，也浪費了我的心機你知道嗎？」他覺得他更合理。

「爸爸，不如你試吃一口。」女兒把飯壺送到他面前。

他除了無言以對，想不出其他反應。

之後那天，他草草弄了牛油三文治，加入女兒喜愛的火腿及士多啤梨果醬。沒菜沒肉應該不會被老師怪責吧？他一時無計可施。

第三天在送女兒上學後他便上班去，把兒子放在相熟的鄰居開設的託兒中心。整天他也無心工作，想著女兒在學校的種種。

由於疫情關係，他的上班時間也有了彈性，能在下班時趕去接放學。

那天因為交通而遲了十五分鐘，女兒獨自一人與老師在課室等候他。二人在摺紙。老師摺了一隻狗，女兒似是沒精打采的，隨便摺了一架散亂的看似不能飛的飛機。

向老師致歉後，老師說：「今天在小息時她將午餐拿出來吃，我向她解釋還未是午飯時間，著她將東西收起，她便哭了。」女兒一臉無言，低頭把弄著已握皺的紙。

在走回車的路上女兒問：「明天還要上學嗎？還要上多少次？媽媽曾說過上了小學之後，很快便會長大，我現在長大了嗎？」

對於女兒的提問，他沒有回應。幸好在車上她很快便睡了。安全帶扣著她軟下來的身體，頭顱向下垂著，隨著回家的山路左右搖晃。天氣非常焗熱，她的背也濕透了，像是辛勞苦幹了一天。接過兒子後，兒子也在車上睡了。

回到家門前，他把小孩留在車上，獨自在車房門外掃一下春天過後仍未有時間打掃的殘花。

忙得透不過氣來的人不知月日，倒是樹木知道更替。大自然也沒有上過生存之道的課的。

之後整個學年，疫情反反覆覆，種種看似小心翼翼但實行的時候明顯是徒勞無功的防疫措施對小孩來說變成多此一舉。每天洗手十次連皮都擦破。第一次學校有確診事件發生，半間學校的孩子也不敢回校，所有家長如驚弓之鳥，打聽是哪班哪個，嚇得晚上失眠。然後第二次確診出現，第三次、四次，連番幾次後，大家開始不再討論。

在大雪和春雨之間，大家都在摸索著慢慢前進。事實上也不得不前進，當初的不正常，也逐漸變了日常，平常，恆常。

好不容易來到這學年的最後一天，學校把過去整年的作業文具畫作等等全都發回來。一個重甸甸的環保袋子盛載了孩子這一年的成長，一年的成果，感覺又相當實在。

當然，裏面也有他的學習、他的成長。

而今天，孩子就像開學的第一天那樣，在車上睡著了。那袋學校發回的東西在車內四散開，像被海關翻找過的行李。

掃著地，看到郵箱在對面馬路向他招手。雖然只有兩條行車線之隔，跑過去來回也不用一分鐘，但孩子在車上睡覺，始終有點放不下心，萬一有動物出現，或孩子醒來不見爸爸，或有賊人光顧；如果妻子知道了肯定會大為震怒。轉念又想，一分鐘的時間，哪會發生那麼多？實在是杞人憂天。

他決定邊跑過馬路邊回頭看，以確保萬無一失。

六號的信箱還是平日那個六號信箱，跟昨日、上月和去年、前年的沒有分別。分別在於在六號上面的五號信箱被人打開了，裏面是空的，卻有一串鑰匙插在信箱的門上。大概是有人拿了信，卻留下了鑰匙。但五號信箱是哪家鄰居的，他完全沒有頭緒。這種事，如果換了是妻子，肯定已能把鑰匙物歸原主，順便跟人家聊上半天，甚至雙方交換了一些新鮮水果蔬菜也說不定。

鑰匙就那樣被吊著，而他愛莫能助。

他打開了自己的信箱，一條紅色鑰匙出現在內，上面寫著「1A」。

「1A」是甚麼？

2 誰寄來的東西

他上下左右地看，最後在整排郵箱的左下角，發現了一個從沒注意的、比一般信箱大兩三倍的、名叫「1A」的格。

像在玩開鎖大抽獎那樣，他小心翼翼地打開1A的門。

裏面躺著一個包裹。

那是最普通不過的啡色紙皮箱，拿上手卻有非一般的重量。猛力搖了搖，沒發出任何聲音。看看包裹上的資料，除了看到快遞公司的名字，看不出寄件人是誰。

他沒有網上購物的習慣，是誰寄來這盒重量不輕的東西？

把包裹放到車房內，孩子就剛好醒來了。神情呆滯的，猶如發了一連串奇奇怪怪的夢，不知春夏秋冬。

「我們在哪裏？」兒子問。

「夠鐘上學了嗎？」女兒問。

他不禁笑了。

「媽媽呢？她在煮飯嗎？」

「她回來了嗎？」

孩子媽媽，他的妻子，離開已有一年。他也開始習慣沒有妻子的生活，但孩子就這樣經常以為能回到媽媽仍在的日子，彷彿時間能夠在一覺睡醒後無限撥回。

小孩子天真的簡單思想，是很值得保護的東西。只是如何適當地保護，同時將世界真實並殘酷的一面讓孩子認識，他也沒有把握。他小時候是如何逐步認識世界的不美好的？

女兒忽然想起今天是最後一天上學後，感到非常失落。說起兩個多月不見老師同學，竟不禁在飯桌前悲從中來，連最愛的鰻魚飯也沒心情欣賞。

這代表了疫情下小孩子仍然很愛上學，也完全突顯出北美上學氣氛營造之成功，只是開心上學並不等於有成效的學習，剛好成績表今天就跟了孩子回家，發揮著告別這年期望來年的意思多於顯示實際的成績。他認為，基礎必須從小建立，太自由的學習，欠缺作業和測驗，未必能應付未來的挑戰。

「沒有功課和考試，怎知道學了甚麼？成績表給你一句達標，沒有測試我也不知道你哪些會哪些不會。」看著沒甚麼代表性的成績表，他的話完全沒有把女兒從悲傷中抽離出來。

兒子傻傻的，把加州卷逐個部份拆開，甚至想連紫菜也從飯撕開來，最後當然徒勞無功，便用小小的門牙先把飯刮進口，留下被摧殘了的紫菜，再吃中間他不太欣賞的蟹柳。

「壽司不是這樣吃的。」看到一地飯粒，他語帶煩躁地說。放下成績表，用腳把那盒寄來的包裹一腳伸開，著手清理地上的飯粒。

「為甚麼不可以？」兒子把舔濕了的紫菜拉長，像橡筋那樣測試它的彈性。

「人家把壽司捲得那麼辛苦，好好的切成一片片，就是讓人方便一口放進去。」

「但我的口放不進。」兒子皺著眉投訴，把紫菜捲著舌頭，在扮蛇。

孩子是否以前也這樣吃壽司，還是最近才變成這樣？他也沒好氣，先把仍然橫在廚房中的包裹放在一角，再處理兩個書包和各種雜物。

書包內有放得亂七八糟的，經歷了一年的風雨最後橫著放在底部變成屈曲型的過氣手冊、躺著沉睡似乎未有被打開過的水壺、像是錯拿了別人的室內運動鞋、不知道用過還是沒用過的口罩、被擠得變形的多幅畫作、糊成一團的顏料及一張班合照。他真想馬上把所有東西倒出來把書包丟進洗衣機清理一番。

可是自己的肚也咕咕作響，唯有坐下來痛快地吃著已了無生氣的天婦羅烏冬，不管了，連湯都倒進去。再看看孩子，仍在慢動作吃著。

「爸爸，你吃得那麼快，會哽死的。老師說的。」老師說的話經常變成金石良言是他最不爽的事。

他擦去嘴邊的味噌湯汁，拿起廚房的大剪刀，準備拆開神秘包裹看個究竟。卡的一聲，厚硬紙皮被戳穿，他以單邊的刀鋒㓥開膠紙封條。孩子飛快趕來，三對眼六隻眼睛聚在一起。

包裹上沒有收件人的名字，只有清楚無誤的他們家的地址。他把包裹翻來翻去，思前想後，想不透寄件人是誰。

他腦中閃過一個但願沒有出現的念頭：難道是妻子在離開前訂購的，卻因為缺貨或疫情令運送延誤而現在才到達？

女兒從箱內捧出一盒重重的橙色的東西，從側看，不像鞋盒那樣高身，又不是公文袋那樣扁。

「小……甚麼甚麼，妙妙！」女兒的名字正是妙妙。

「爸爸，你看，這裏寫著是送給我的！」女兒的臉蛋實是可愛。

「你就好啦……有禮物……我就沒有了。」可憐的弟弟頓時像按了鍵那樣，變得相當抑鬱。

他拿來看清楚甚麼是甚麼甚麼。

一幅高起來的山坡充滿深的淺的綠草，四周及旁邊有著紅黃藍紫各種小花和植物，旁邊有一條弟弟看了必定會很喜歡的毛毛蟲，毛毛蟲凝望著前面一隻黑色的動物，黑色動物把綠毛丹劈成兩半，然後用繩子和樹枝綁起兩邊，變成一個可以放在肩上運送的盛水工具。黑黑的外表與黑黑的眼睛顯出眼神的堅定，嘴角帶笑地，在山坡頂上挺著身子前行。

「是小鼴鼠妙妙啊。妙妙。」他向女兒解說。

一套名叫《小鼴鼠妙妙奇遇記》的圖畫冊，即時成為了孩子你爭我奪的寶物。天生愛書的女兒欣喜若狂，先是欣賞硬皮封面的精美插畫，一輪讚嘆後急不及待馬上打開第一頁細看故事的開首，連沒機會看書的他都感受到書的吸引。

孩子拉著他的臂要他一起讀故事書。讀故事書卻從不是他的強項。

他回頭看看家中的書架，有妻子買給孩子的大批益智圖畫冊、每個小孩必讀的經典小說集、各種地圖集、極受歡迎的漫畫、電影改編故事，也有程度由淺到深的、以彩虹顏色作代表的、不知哪裏來的中文書，更有落伍發黃的百科全書、漫畫歷史、《國家地理雜誌兒童年鑑》二〇一七、二〇一八、二〇一九、二〇二〇等等；由上而下，左至右，五花八門琳琅滿目，簡直就是一個小型圖書館！

看在眼裏，他心中響起的問題是：孩子真的那麼喜歡看書嗎？這麼多的書，他們都能一一看完嗎？

隨手翻開幾本看看，尤其硬皮及精美彩印的，價錢一點不便宜！他難以想像今時今日，兒童書的市場竟然已去到這樣高檔的地步。

這時女兒忽然走到小型圖書館，找她心愛的芝士老鼠先生書冊；手指由一掃到七十，再由七十掃回一，結果選了五十六。

「這套書有七十本，你都逐一看過嗎？你們不是在看小鼴鼠嗎？」他非常懷疑，也不禁在計算這七十本彩印書的總價值。

「是的，但我想把芝士老鼠先生介紹給小鼴鼠認識，他們一定會想認識對方！」

女兒已極速進入了書的世界，拿著一本書，又盯著另一本書，一言不發。

回想他童年的時代，也沒有對書有這麼著迷的經驗。他記得小時候母親會買最新的漫畫給他看，那曾經非常鍾愛的漫畫後來如何及何時棄置了，他全無記憶。是他自己放棄的，還是母親靜悄悄丟掉的？

書的世界有甚麼？全神貫注的妙妙在作最佳的無聲示範。

他作為成年人，已無法再理解。

3 我不知道，今天要從哪個洞口爬出去

他一生人也沒有見過鼴鼠。

鼴鼠到底是怎樣的？唯有在互聯網上翻找答案。

他感到這一年來互聯網已成為他密不可分的伴侶，在工作上是他的救星，在生活上是他的良師，夜晚一個人不想睡時是他的好友，等孩子上課餘活動時是他的玩伴。他與手提電話、互聯網已融為一體，缺一不可。

互聯網告訴他們，鼴鼠是一種哺乳動物，長年生活在地下，害怕強光，眼睛已經退化變得很細小，深藏在毛中，所以人們看來會覺得這動物根本沒眼睛。

「但是故事書上的鼴鼠眼睛很大，比我的還大呢！」女兒妙妙馬上洞察到插圖的不妥。

「這個……可能是跟市場有關吧，可能插畫師覺得沒有眼睛的動物不能成為主角？」他的分析也只是瞎猜的。

「甚麼是市場？」

他一說出口便後悔。

「唔，市場就是……賣東西的地方。」

互聯網繼續說，鼴鼠身形細小，嘴尖像老鼠，卻沒有老鼠的長尾巴及耳朵，整天挖洞而四肢短小，嗅覺非常敏鋭。

「爸爸你看，這一本書說小鼴鼠跟雪人到山上去滑雪，身手非常靈活。」女兒又找到插畫與事實不符的地方。

「會不會有一種手長腳長的鼴鼠呢？」其實他覺得這問題很低級，但一時間未能想到合適的回答，便隨便以反問法去應付。

互聯網打圓場說，鼴鼠白天都在地下的洞穴，會吃植物的根和蟲，晚上才從洞口爬出來活動，及捕食其他昆蟲。

「爸爸，我們這裏有鼴鼠嗎？」女兒妙妙說話時漏出兩個空空的門牙洞口，跟鼴鼠兩隻門牙哨出形成強烈對比。

這城市有沒有鼴鼠，他倒從沒有想過。又迅速地問問互聯網。的確在北美的西岸有鼴鼠生活的足跡，而當他看到鼴鼠在地下竄動時造成草地上的裂縫及洞口的照片，即時嚇了一跳！他們家的後院，也曾有過泥地隆起，一條彎彎的軌跡蜿蜒至小小菜園那邊，然後苦瓜藤旁邊破出一個洞口，幾棵被咬了幾口的番茄被棄置在旁的經驗。

那是妻子第一次建立的小菜園，在大雪過後，四月稍為回暖開始，由米般大小的種子在室內培植，到芽苗一夜間抬起頭來的興奮，到遷移至菜園後因為室外氣溫與室內的反差，泥土質量不一樣以致過半死亡的無奈；及後倖存的努力適應，苦苦爭取最大的陽光及營養，避過了野兔和老鼠的偷襲，而生長出花，繼而結果，真是一番辛酸和等待。那段日子，妻子每天都在菜園團團轉，小小的十多平方呎，種出甜豆、蘿蔔、翠玉瓜、茄子、苦瓜甚至粟米，在毫無經驗的背景下能搞出那樣的成績，真令人意想不到。對妻子每日的分享，有時他會感到煩悶，反正都是長高了幾厘米和除了多少雜枝之類，不覺得有甚麼值得每天更新。

直到那條奇怪的地下通道出現，話題才沒那麼單一。

在把草地整平後，好像沒有挖洞者再來。菜園也因此避過一劫，長出了肥美的豆，像孩子跑步後的臉頰的可愛番茄，強勢生長但沒人欣賞的苦瓜的確夠苦。妻子每天在後院除草施肥滿心歡喜。只有一次被毒蚊咬了腳踝，腫脹嚴重連走路也很困難，成為整個夏天唯一的美中不足。

「可能是你種的東西不夠好吃，動物也不吃！」他自覺風趣地揶揄妻子。妻子沒賠上任何表情，轉身回到室內，他才知道自討沒趣。

自討沒趣的事他的確做過不少，只是他沒有研究自討沒趣有否日漸嚴重、爛笑話沒人笑那為甚麼要說等問題。這很可能是他的性格，很可能是不自覺的壞習慣。

到了中秋前的某天，菜園突然消失了。

現在回想，消失的也許不止是菜園，還有其他更多的東西，大概在妻子清除植物的期間，也一併清除了。

而消除不到的是留在他心中的記憶。妻子在後園打理植物的身影，彷彿現在看過去仍會在。而那條神秘的地下通道，到底誰曾來過，到底可以通往哪裏？

4 奇遇

書盒子的一邊最頂端的部份，呈現顏色褪去的發白狀況，橙變成淡黃，甚至淺粉紅。印在上面的白色粗體文字，在不久的將來便要化作背景的一部份。

一副慘淡的外表。

那麼，這套書並不是新的？而是曾經屬於誰的，曾經長時間被放在窗旁，可能因為被太陽長期直照著，以致造成顏色的淡褪？假如是這樣的話，便排除了書是由妻子網購的可能。可是，誰又會寄來一套已發黃的舊書？即使是單一本，重量也不輕。而且已發黃的書還拿去送人，不是很奇怪嗎？但如果，書是妻子請人送來的，事情又不一樣了。或者這是一套難能可貴的絕版舊書？

種種推想，在他心裏盤旋不去。

然而紙皮製的盒子雖然發舊，裏面的硬皮書卻非常簇新，想必定曾經由愛書的人擁有。

他拿出其中一本《小鼴鼠妙妙和太空船》來看。一隻傻氣的動物從洞內鑽出來，看到由沙堆成的黑隧道、罐子和一顆紅色的彈珠。細心看下去，紅色彈珠並不是主角，而是彈珠滾進沙堆隧道後，忽然出現的一艘無人太空船。小鼴鼠爬進了太空船，隨便按了個鍵，一陣怪聲，引擎啟動，竟然飛上了天空！

「蘇蘇蘇，拉它拉它拉它拉它，如如如」。

是甚麼樣的象聲詞？

然後越過一輪風景，再「嗚，碰，撲拉，筐！」撞到地面，落在一個小島的沙灘上。

嗚，碰，撲拉，筐。好奇怪的形容。他心想。

「我們去過沙灘好多次了，都沒有見過太空船。爸爸，你可以帶我們，去有，太空船和彈珠的沙灘嗎？」兒子說話仍處於學習期，其認真又不靈活的說話，實在可愛得難以形容。

不過去一個有太空船的海灘當然是沒可能。故事中有這樣的情節，他覺得很不合邏輯，也難為了大人。

故事繼續說的，是小鼴鼠在島上的各種奇遇。牠找到一堆美麗的貝殼，其中一個像螺，放在耳邊充當電話用（鼴鼠怎懂得用電話？），喂！喂！卻因為沒人回應，小鼴鼠很難過。

「是的，有一次媽媽也這樣教我們把貝殼放在耳朵旁邊，說會聽到海的聲音。」女兒妙妙的記憶力非常好，看書有過目不忘的本事。

「那有聽到嗎？」

「沒有，因為當時已經在海灘了。我聽來聽去，都只聽到真的海灘的聲音。」

「真的海灘的聲音，是怎樣的？」弟弟問。

「就是蘇蘇蘇，拉它拉它拉它拉它，如如如那樣的。」

他不禁大笑了起來。

「是真的啦！爸爸你不相信我？」妙妙雙手叉著腰，扮作生氣。

「不是不相信你，但形容海的聲音，一般是沙沙……嘩啦之類吧。哪有拉它拉它拉它如如如的？」他把形容重複一遍後更覺好笑了。

但大笑的只有他一人，最後兩下乾笑變成似笑非笑的乾咳。孩子們已再次投入到故事書去，他們關心的是小鼴鼠撞到地面上有沒有受傷，而如果沒有受傷的話，牠又會有甚麼奇遇。

太空船已四分五裂，幸好小鼴鼠有輕軟的沙粒作墊子，牠還在海邊尋回牠的紅色小彈珠，和分裂開的太空船船頂。

沒有了太空船，小鼴鼠正在發愁如何回家。一隻螃蟹出現嚇倒了小鼴鼠，牠以為是甚麼怪物，便馬上挖個洞鑽進去。

「挖洞是鼴鼠的強項，牠一定沒有事的。」女兒向旁邊似懂非懂的弟弟說。

原來，這是個美麗的貝殼島，小螃蟹把海底的珍珠送贈予小鼴鼠，小鼴鼠便將自己的紅色彈珠作交換禮物，大家都十分開心，變成好朋友。然後螃蟹幫忙在海邊尋找太空船的組件，更找來一個玻璃瓶，讓小鼴鼠爬進瓶內，浮沉在海中，令牠有機會一睹從未認識的海底世界！神秘而壯觀的魚群，千奇百怪難得一見的海底生物，海馬、海星、水母，不同顏色的魚，真是大開眼界！

「爸爸，我也想潛入水底世界。」

這個他大概不能隨便答應。

這時候，小鼴鼠妙妙看到一個重要的太空船組件躺在水底裏。更難得的是，這些水底的生物朋友知道小鼴鼠的難題後都仗義幫忙，四處搜索出各種組件並帶回岸上，只獨欠了頂部。

這時，牠們發現了有人的腳印，便跟著去看。結果，小鼴鼠在一頂人類的帽子下發現了很多被困住的蝴蝶，一個桶子內有很多被捕獲的魚，還有一個沙灘袋入面有很多很多小海龜。小鼴鼠妙妙都一一把牠們放走，大家都飛快地回到原來的地方。

「為甚麼有那麼多的生物被人捉住？」弟弟問姐姐。

「唔，不知道呢，我們上次去海灘也有捉過小螃蟹，你記得嗎？」

弟弟搖搖頭，樣子很懊惱。

「不過，離開前媽媽叫我們把蟹都放回海灘去，你記得嗎？」

弟弟又搖搖頭，樣子更苦惱了。

「為甚麼媽媽的事你都記得那麼多，我卻一點都不記得呢？」

這次，到姐姐搖搖頭。「我就是記得啊。但是，我不想只是記得……」

二人陷入沉默之中。

「哈！結果，你們看！」他馬上跑過去，企圖把小鼴鼠的故事繼續成為孩子的焦點。「就在那個沙灘袋下面，發現了太空船的最後部分呢！不好了！還有一隻巨型怪物想去抓牠！」

「才不是怪物呢！只是一個小男孩。」女兒笑了起來。「是呢！像我那樣小的男孩。不過我在海灘也不會不穿衣服的，媽媽說穿著衣服可以防曬。噢！我記得媽媽的話了！」

兩個孩子歡天喜地，忽然跑到樓上把不同的動物毛公仔當成小鼴鼠的朋友那樣繼續說故事的遊戲。

他沒有細聽孩子的遊戲內容。只看到手上書中最後幾句：小螃蟹和妙妙合力把太空船頂部置好，便馬上要離開了。可是小螃蟹是住在島上的，無論如何，牠不會離開。

「我會想念你的。」

親愛的妙妙，安全回家吧，但是別忘了你的好朋友。旅途愉快！

5

當你見到天上星星

那天晚上他夢到妻子。

地點是一個沒有盡頭的沙灘，陽光猛得令人連眼也睜不開，海風吹得耳朵嗡嗡發響，呼呼呼呼的，他瞇著眼睛看到妻子在說話，卻聽不清她在說甚麼。

「甚麼？」他大聲問她。

妻子張大了嘴再誇張的說一遍，但仍然被風聲吹倒，呼呼呼呼，話已吹到千里遠。

「再說一次！」他更大聲的問她。

妻子把手放在嘴巴前，做成擴音筒的形狀，向前彎著身子，又用力說了一遍。

他卻只能聽到風在叫喊。

突然妻子向海邊跑去，他也本能地跟上。妻子踏過的濕漉的沙，有她的細小腳印，腳印在陽光底下呈金黃色。真的有金黃色的沙！他也是第一次見識到。

他拿出電話把金沙在淺水下流動的狀態拍下，風聲刮著咪高峰，收錄得的音響加倍。

抬頭一看，孩子拿著沙桶和鏟子在他腳前挖沙，他企圖向他們說話，依然徒勞無功。這時孩子竟挖穿了一個洞，洞口瞬間裂開，三個人馬上掉進去。

他整個人跳了起來。

明白是做夢之後，便上洗手間，之後睡意已全消。看看時間，原來已早上四時多，難怪已聽到鳥在吱喳的叫，天邊也開始滲出微光。

一個人在床上呆看天花板，想不透為何做夢總是常遇到掉下來之類的處境。右邊躺著空無一人的枕頭。

他想起結婚後第一次和妻子去聖地牙哥旅行，第一天到達後，他們開車到酒店附近一個幾乎全黑的海灘，感受著太平洋南風和海浪拍打的強勁節奏。當時天上有幾顆星，妻子問，你猜那些星星上有沒有其他生物？

當時他好像說了個含糊的答案，有沒有又怎樣才是他心中的真正答案。然後妻子竟然說起一個星星的故事，像說給孩子聽那樣，從前呢……

他無心細聽，而且風不允許，說到「之後」，便拉著妻子離開。

如果可以的話，他的確想認真聽一次那個關於星星或無關星星的故事。那個妻子第一次跟他說的故事，那個沒有機會說完的故事。

忽然呼的一聲，房門被踢開，孩子抱著書跳上床。原來已經六點了。

「爸爸，你不用睜開眼，我說故事給你聽。」女兒有點口氣。

「是的，爸爸，你繼續睡覺吧。」弟弟也有。

「叫爸爸繼續睡覺那怎聽我們說故事啊！」女兒抗議說。

「睡覺可以裝睡呀。」妙妙感到弟弟的補充不無道理，便打開書的第一頁。

「留心了，這是新的故事啊。」女兒誇張說話的語氣很像妻子。

「新的故事？這故事是舊的呀！」弟弟說。

「新的！我們從未讀過呢！」

「舊的！這本書，是別人的，盒子都黃了。你看，書角都破了。」

妙妙手上那本《小鼴鼠妙妙和小綠星》的左上角的確破開了，而且細看之下，書頁也有被多次翻閱的痕跡。

「不！我的意思是，我們沒有讀過這本書，所以是新的故事。」女兒雙眼望向天花板。

「不！我的意思是，這故事，已有很多人讀過了，只是我們遲到了。」弟弟也學著姐姐把雙眼望向天花板。

「甚麼遲到了？看書哪有遲到早到的？現在不是去看牙醫！」妙妙快受不了弟弟的理論，可是自己也越說越亂了。

「好了好了，新也好舊也好，讓我來讀給你們聽吧。」裝睡其實更痛苦，此時裝睡的人不能再裝睡了。

他隨意地把書翻開來，看到作者的簡介。

作者Zdeněk Miler，一九二一年出生於布拉格鄰近的小城克拉德諾，是一名動畫師，第一部「小鼴鼠」影片在一九五七年得到意大利威尼斯影展大獎，他敏銳的觸覺，顏色的運用，在當時展現出圖畫書另一種獨特的風格。及後小鼴鼠影片製作了六十多部，在歐洲家喻戶曉，被翻譯成多種語言，繪畫冊也風行全世界。

原來作者大有來頭，可是他從來也沒聽過。他對於寄書人更感好奇了。

「快點開始讀吧。等到眼都長了。」弟弟說。

「是頸都長不是眼都長！眼會長的嗎？」女兒語帶嘲弄。

「那你的頸，可以又長又短？」弟弟也不禁示弱。

他發現兒子的吵架能力，遠比平日敘述事情的能力強。是看電視劇或卡通太多嗎？記憶中妻子並沒有讓他們每天看電視的習慣。有一次妻子還提議不如把兒童台和卡通台取消，反正又加價了。

「開始！開始！開始！開始！」姐弟二人忽然又同聲同氣。

他最受不了這種語帶威迫的叫陣，便馬上翻到故事的開端。

這是一個關於春回大地的故事。一覺醒來，動物們都開始了春季大掃除，小鼴鼠妙妙也不敢怠慢，整理著牠的地下室，並邀請牠的好朋友長耳兔來參觀。可是想到長耳兔體型不小，長耳又特別長，便拿起鏟子在洞內四周挖，挖到房頂，鋤頭敲碎了一塊深藏的大鵝卵石，中間竟有一顆閃爍的小綠星。

「小綠星？像熒光棒那種綠？」女兒問。

「不，我覺得是像交通燈的那種綠。」弟弟也爭著發表意見。

「紅綠燈的綠？太普通了！」女兒反駁。

「熒光棒是長條形的，跟星星的一點而且會一閃一閃的綠是不同的呀！」弟弟也有他的道理。

「看書中所說吧，小綠星像一盞小燈籠，像森林的螢火蟲。」他嘗試去平息紛爭。

「甚麼是螢火蟲？」姐弟倆異口同聲地問。

這真是節外生枝，他放下書本拿起床邊的平板電腦在網上尋找螢火蟲的資料，但平板電腦卻沒有電，充電器又不知跑哪去，唯有用他那屏幕很小的手提電話。兩姐弟的頭拼在一起你擠我撞的，他在後面甚麼也看不到。

事實上他自己也從未見過螢火蟲，卻常在漫畫和電影上看到。

他不知道向小孩讀一本書原來大有學問，除了要被無數個問題打斷，更要用上EQ去平亂，並不是單純將書中的字照讀便可。記憶中在孩子更小的時候他也有跟他們讀故事，但何時孩子已經長大，變得問題多多？現在故事被打斷，他也不想再讀下去了，便著孩子起來刷牙洗臉，是時候吃早餐了。但孩子當然不那麼容易就範，死纏爛打的，一番功夫才能走到廚房去。

他把咖啡沖好，麵包也吃完了，孩子仍未下來。再大吼幾聲，才慢慢聽到腳步聲。那是聽起來不太愉快的腳步聲。

兩個孩子拉長了臉，一言不發。

「怎麼了？」他的咖啡已失去提神的作用。

「你看。」女兒把書丟在飯桌上。「小鼴鼠哭了。」

他不想自尋煩惱地問為甚麼，便自己把書翻開，像中學生開書測驗那樣，查找答案。翻到小鼴鼠有幾滴眼淚那頁，才明白到原來牠想把小綠星送回天上去，卻被喜鵲把小綠星騙去，藏在樹上的巢裏。幸好有其他雀鳥把喜鵲趕走，小鼴鼠才順利取回小綠星，然而卻因為無法把小綠星送回天上的同伴去，而感到非常傷心。

「你們就是因為看到這裏而變成苦瓜乾？」他覺得是小題大做了，有那麼嚴重嗎？

「如果媽媽看到這裏也會不開心的。」女兒這話一出，他唯有馬上放下咖啡，繼續把故事說下去。

「你看，小鼴鼠向月亮揮手，月亮便下來幫忙了。」生命中總會遇上好的人，好的事的。

然後，跟很多童話故事一樣，小鼴鼠坐著月兒一直升到天上去，把小綠星掛好，平安地跟其他星星一起。月亮還把小鼴鼠安全送回地面。故事大團圓結局。

「是你們未看清楚吧，事情總有解決的方法的。」他對於那些飛上天空的故事不感興趣，嫦娥的故事以往妻子也有跟孩子說，他覺得是非常老土的胡扯，而且跟現在的生活也沒有關係。月餅早已被視為垃圾食物，中秋節玩電燈籠或熒光棒也不環保，玩真火或煲蠟更是危險的自焚遊戲。與此同時他也讀不出這個布拉格的著名畫冊有何出眾之處。一隻動物幻想把一粒發光的東西送到天上去然後結果成真了，這種故事誰不會說啊？他心中暗想。

「然後呢？」弟弟問。

「然後甚麼？」他正想拿份電腦雜誌上廁所去。

「然後下一個故事呢？」女兒已把奶喝完，走去拿另一本書。

他見狀馬上跑走，把廁所門呼的一聲關上。

這種事沒有拖延的理由吧，何況只是講故事。手提電話內的遊戲已被他打過了大佬那關。出來之後，他看見兩個孩子在畫畫。

畫中兩個小人兒捧著一顆比他們大幾倍的小綠星，天空上有他們的媽媽在飛。

6 好朋友不相忘

今天的新聞頭條，是未來幾日天氣酷熱，政府呼籲市民做好防曬功夫，避免戶外活動，並保持體內水份充足。

才不到早上六時，柏油路已像蒸汽機般發燙，還未到十點，人站在太陽底下已感到皮膚快要被燃點。中午時份已到了透不過氣來的地步，各家各戶都企圖把窗和窗簾關上，謝絕熱氣。這個做法在第一天也算奏效，可是當酷熱的氣溫在晚上無法下降，而第二天熱度捲土重來，那關上門窗的做法便更危險了。

他在地庫的儲物室尋找了半天，也找不到那座窗口式冷氣機。本來他就很少下來儲物室，這是妻子的寶殿。

記得數年前他想給妻子一個驚喜，便在母親節前一天到儲物室去打掃，把很多他認為是垃圾的東西清理出來，又因為不想讓妻子知道而馬上丟掉。結果那些他眼中多餘的雜物，那他以為滿有心思的功夫，竟換來了一場大災難。他與妻子足足冷戰了一個多月。

那裏有甚麼？廁紙五大條，聖誕燈沒十箱也有八盒，油、米、乾糧、罐頭、果汁，幾大箱礦泉水，足以吃到明年後年！還有新的舊的玩具，孩子的衫褲鞋襪也有各種未合的尺碼，新書包也有幾個。

他想不透妻子這樣的購物方式，是有感隨時有斷絕糧食的危機，還是她在做團購之類的買賣。

那場災難後來難以收拾。他認為自己沒有錯，如果儲物室放的是家庭日用品，那由他去清理一下也不為過吧？而妻子的態度也沒有軟化。從那時開始，他便不再踏足儲物室。

不能想像的是，斷絕糧食的危機竟然在疫情捲到的時候出現，封城謠言一出，各家超市的貨品都被搶購一空，想買隻雞蛋給孩子做早餐也找了好幾家而且最後是落空收場，這是誰也無法預料的事。

雖然後來已證實這城市的食物鏈供應不會斷，廁紙會停產之說也澄清了，但當時他真切感受到妻子早有預備的儲物室的確是個寶藏。當然，現在想說也沒有機會了。

現在眼前看到的，還有前年因為準備去露營而買的帳篷，各種露營用的照明用品、墊子、大人和小孩的睡袋、從未使用的輕巧型燒烤爐及煮食工具，巨型站立式的傘子可防雨或防曬，又有防蚊的武器，燃點式噴霧式，真是應有盡有。

「爸爸，這裏好涼快！」孩子都跑到地下室來了。

因為一半在地底的關係，溫度跟樓上相差不少。

「不如我們今晚在這裏睡覺？」弟弟把他嬰兒時用的小床墊從雜物中拉出來。

「嘩這個床墊我也用過的！」女兒接著就跳上去，但已經容不下他們整個身子了，半個身子斜斜掉落在地上，兩個孩子卡卡的笑。

「這裏怎可以睡覺啊？」他心中想到的卻是為何嬰兒床墊還在。

「為甚麼不可以？弟弟，你去拿枕頭，我去拿被子！」女兒在發號施令。

「好的，記得拿我的青蛙被子，我也會拿你的小兔兔。」這次弟弟十分配合姐姐的行動。

他想叫著姐弟倆，說睡在儲物室太擠太不切實際了。但看著他們開心興奮得猶如有遠行的心情，便不忍推翻。

只是實際情況如何解決他也不知道。這儲物室不大也不小，要是把雜物清空，要睡在這裏也不是沒可能，可是他一個人要把所有物件清理將會非常費周章；大型的床架、櫃子和行李箱，從前也是他和妻子二人合力擺放的。除了清理的功夫，還有家務、瑣碎事一大堆，這一刻應該要先做甚麼？

先做甚麼結果由孩子決定了。姐弟二人除了拿睡覺的東西外，還不忘把小鼴鼠的故事書帶下來。

「爸爸，我們現在在地底下面，像不像小鼴鼠？」

「看！這裏有個沙灘鏟子，我們去挖牆壁，說不定會挖到小綠星！那我們也可以把它送到天上！」

「別鬧了。這沙灘鏟子是膠的，這牆壁也不是泥造的，這世界也沒有小綠星，更不會在我們家找到小綠星。」他忍不住說了。

孩子看著他，沒說話。

「你們拿著甚麼書？《小鼴鼠妙妙和雪人》？這麼熱的天氣，讀一本關於下大雪的書，的確不錯啊。」他也開始有點欣賞自己把話題轉移的能力了。

雪人的形象一般都是兩個大雪球，疊得比人高，站著呆看某處，靜候溶掉的時刻來臨。《小鼴鼠妙妙和雪人》的封面，卻是小鼴鼠妙妙和一個小小的雪人坐著雪橇滑下山。

「通常動物都不喜歡冬天，所以往往去睡覺算了。」他開始讀起故事來。

好奇的小鼴鼠妙妙想在避過嚴冬之前，出去看清楚大雪的樣子。雪真的很美，跟牠的黑色身體相映襯，令牠在樹林內十分突出。不過一個人玩實在太悶了，於是小鼴鼠把弄著雪，不知不覺間竟堆了一個小小的雪人——活的雪人。小鼴鼠開心極了，請小雪人一起用肚皮滑下斜坡，但小雪人一滑，便跌碎了。小鼴鼠似乎總有辦法，小心翼翼地把小雪人弄好，他們便一起扔雪球，然後一同乘坐雪橇滑到山下去。山下的氣溫較山上高，而且太陽出來了，小雪人開始溶化，一點一滴的，在小鼴鼠眼前消失，最後只剩下頭。小鼴鼠驚惶失措，還打電話去求救。

「打電話向誰求救？」女兒急不及待的問。

「向……一隻像是拯救隊的大狗求救。」他心中暗地想，明明發生在山上的虛構故事，怎麼忽然又現實得打電話去城市請救援？而那隻大狗還說：「這是很普通的案件，這早上已有好幾宗了。」他不禁笑了，對於故事的鋪排並不滿意。

結果解決的方法是讓他們坐纜車回到雪山上去。

「只要你的頭還在，便可以補救。」

女兒一臉驚喜：「為甚麼這樣說？人也一樣嗎？只要頭還在，就可以把身體做回？」

「不是，你看，小鼴鼠說的是雪人。」這故事是假的，不要信以為真這話，他啃在心中。

最後小鼴鼠跟雪人說再見。

「那麼，他們一直不能再見了嗎？」

「不是的，他們各自在不同的地方，想念著對方。」

好朋友不一定要常見面，只要知道彼此在哪裏就夠了。好朋友，不相忘。

「而且，每年都有冬天，他們每年都可以見面的。」

「是的，至少每年都可以短聚。」

讀完這個關於暫別的故事，他感到非常悲傷。躺在地上，一動不動。

被雜物圍著的感覺十分奇怪，各種不知名的箱子好像隨時會掉在他的頭上把他壓死。他曲著身，用兒子的小枕頭遮著臉，卻被人一手搶去。「爸爸，媽媽說過跟人分享是好事，但有些屬於自己的東西，不想分享，便不用分享。」兒子對媽媽的話其實也很上心。

那夜，他們真的留在儲物室睡覺。孩子們的墊子在睡著後不到半小時已全然沒人，兩個都滾到遠遠去，唯是一直緊抱著枕頭，和被子，像是生怕會被人搶去。他則在舊的飯桌下找到安身的位置。

那是他們婚後的第一張飯桌，當時選的是設計最平實價錢最便宜的款式。躺在桌下，發現收據竟還貼在桌底。褪色的打印字，似是奇怪的符咒。

平生也沒想過，有一天會睡在儲物室的飯桌底下。這令他想起災難中逃命的人。在桌下靠牆的位置，有一盒紙箱佔去不少位置，他想把紙箱搬走，發現重量也不輕。打開一看，有很多本一式一樣的薄薄的書，是妻子在多年前寫的第一本書。

他無意細看裏面的文字，書中也插圖欠奉。數了數，共有七十多本。

高及天花的窗子，隔著鐵枝，透出外面無雲的星空。像囚室是嗎？他從前也沒留意到。而整個城市的人也沒想到，明天的酷熱竟代表著死亡的降臨。

7 送你一件珍貴的禮物

第二天早上，他一身熱汗醒來，發現兒子已經滾到儲物室的門口，而女兒則在另一個牆角，像各自去了不同地方旅行。而他自己一直在飯桌底，像避過了一劫。而他們不知道的是，他們的確避過了一劫，新聞報道說，有人在昨天熱死了。

在這個真正有熱天氣大概只有短短一、兩個月的城市，很難令人相信可以熱死人，而且不止一人。更甚的是，連日乾燥的天氣、猛烈的太陽，加上晚上旱雷無數，內陸山火開始一發不可收拾，某些偏遠的小社區更在一夜間被燒成炭，幾個鄰近的城市的空氣開始變得十分混濁。

走回樓上，一種非常悶熱的感覺直湧上臉。他馬上打開窗，外面卻更熱，趕緊又關上。

啟動昨晚幾經辛苦從樓下搬上來的流動式冷氣機，三人就那樣吹著冷氣吃早餐。

孩子沒有忘記那套不知由誰寄來的書。昨天讀到關於雪人的故事正好有抗暑之效，誰想到下一本就是關於聖誕節，也合意。

去年聖誕，他們也買了一棵新的聖誕樹。樹高七尺，有內置閃燈，有仿真的雪粉，更有會播放音樂的置在樹頂的星星。至於那棵婚後買的矮小舊樹，則送到舊物捐贈中心，負責人說由於疫情關係，很多低收入家庭都在找聖誕樹。而十一月中便見有聖誕佈置出現。

誰又想到會有這樣的全球疫症，而一棵假的樹竟可以成為慰藉人心的東西。

小鼴鼠的聖誕節也希望能替其他人帶來歡樂。牠為了跟牠的好朋友大耳鼠過聖誕，所以比其他動物都要早起。牠用了食物來作聖誕樹的掛飾，可惜轉眼卻被多事的烏鴉完全破壞了。牠不忍心砍掉樹林的樹木，便跑到山下去，在相熟的店主介紹下，得到了一棵可以裝得進盒子的、一按鈕便會彈出來的小聖誕樹，即使烏鴉又來搗亂也不怕了。最後牠和大耳鼠都交換了禮物，一個用口琴，一個用小笛子，在森林向各動物甚至雪人先生報佳音。

他在旁一邊吹著冷氣一邊看到故事的內容，心想故事沒甚麼奇特的情節，沒有甚麼不可思議的發展，故事好看在哪？

「爸爸，這真是一本很好看的書。」女兒把書合上，抱在胸前，呼了一口氣，像是深受感動。

「真的？到底有甚麼好？」其實他從沒有聽過女兒說有哪本書不好看的。

「小鼴鼠啊，牠的聖誕樹被烏鴉拆爛了也沒有哭，也沒有隨便去砍掉另一棵樹，反而想到更好的辦法。最後又與好朋友大耳鼠交換禮物，不是無聊的玩具，而是大家喜愛的樂器，然後一起在聖誕節那天向所有人報佳音，不是很有意思嗎？」他不懂任何樂器，也沒有音樂天份，但見女兒說得頭頭是道，令他也覺得好像很有道理。

只是現在是盛夏，說到聖誕禮物好像太遙遠了。

「媽媽買給我們的鋼琴，我覺得那真是一件珍貴的禮物。」女兒說罷，便跑到鋼琴前，翻找琴書。小小的人兒現在會彈甚麼歌曲了？他真的沒留意。疫情以前的鋼琴課都由妻子負責，疫情爆發後幾乎所有學習都變成網課。但在家上課也不等於他有更加留意孩子學琴的進度。他總是在把電腦及鏡頭調校好，老師一出現便走開。只要每月準時付學費就是了。

「爸爸，你猜小鼴鼠跟小雪人好朋友，還是跟大耳鼠好一點？」弟弟問。

「我認為呢，跟大耳鼠是天天的好朋友，像我跟賴恩一樣，天天小息都一起玩。」

「那跟小雪人呢？」

「小雪人是很遠的朋友，即是如果賴恩要轉學校了，或搬到離島去，我們不能天天見面，但我們依然……會是很遠的好朋友？」

「當然了。」其實他自己也不肯定，不會再見面的人，久未聯絡的朋友，關係是否仍在，永遠會一樣。

孩子回去重新細看那個書盒子。像海關檢查是否有違禁品一樣，從內到外，左至右，底至面，從封底簡介到作者名字，從出版社的名字到價錢，從插圖到掃描碼上的粗幼條碼，再到下面的細小數字，從書盒的摺疊方法到紙皮的厚度，上下左右細心觀察研究一番，然後從洗手間捧來一個秤。

「嘩！這套書足足有六磅重！」

三個人都有點不相信。

然而他們仍然不知道這份禮物到底由誰送贈，要不要向人道謝？

忽然女兒像是非常震驚地雙手掩口，眼睛滾大，望向二人，像是發現了天大的難題，或意料之外的寶藏。

「……爸爸」

「怎麼樣？」有甚麼快說吧。

「小鼴鼠妙妙奇遇記，有第二輯和第三輯的……」女兒不能置信的語氣和表情傳到他那裏，彷彿變成了一宗棘手的懸案。

「還等甚麼？爸爸，趕快去買吧！」兒子更是興奮極了。

為了拖延時間，他只好邊走開邊說：「等你們乖才考慮買吧，你看，滿地是玩具，四周是書……」

其實孩子在他眼中已經相當乖巧了，平日姐弟雖然會鬥鬥嘴，偶爾刻意爭取爸爸的注意力，但從沒有打架或無理哭鬧的場面出現，這是不是要歸功於妻子的嚴謹教導？還是他們天性純品伶俐，根本不需要多費心？

吃了幾支冰條、喝了很多杯凍飲，再淋了個冷水浴後，晚上三人又回到地下室睡覺。這夜不比昨夜涼快。兒子睡著後滿頭是汗，整間儲物室充滿了汗氣。小型的座地風扇再努力也是徒然。

他沒能馬上睡著，用手提電話上網查看《小鼴鼠妙妙奇遇記》的第二輯和第三輯，看看能在哪裏買得到。

中文書在外國本來就很難買，加上這並不是新出版的書。他在網上左轉右拐，最後也是原地踏步。

互聯網世界有時好像無所不能，但很多東西有時卻又不是那麼垂手可得。

這套標榜創意想像、IQ智能、生活教養、體驗冒險、互助分享的書，到底有甚麼神奇之處，令它暢銷多年，但又已不再出版？

他心生不忿，反正也睡不著，便一直在互聯網上鑽探，有時去到未能顯示的死巷，有時去到色情網站的陷阱。他又去二手書網站查看，有的沒的找到一本兩本，但已非常殘舊了。

直至手提電話快沒電，他才沉沉睡去。

睡夢中他輕而易舉就在某個網站買到書，回頭便馬上有人按門鐘，打開門一看，兩冊《小鼴鼠妙妙》就在眼前，而且是新的，沒有褪色的。他興奮地向屋內大叫：「妙妙，細佬，第二輯和第三輯有了！」

他拿起箱子，卻發現盒子空空如也。跌落在地上，咚的一聲響。

第二天醒來，電郵有一個神秘確認：親愛的顧客，感謝你的訂購，此為確認通知書，我們會盡快處理你的訂單，按此處可追蹤郵寄投遞進度。

那由二十幾個數字組成的編號下面，有一條很長的追蹤線索。他莫名其妙地按下連結，彈出了幾個廣告。

8 找一條合適的褲子

「已經是最後一本了。」

起床後的孩子，又急不及待繼續昨日未完的活動，睡覺彷彿是有人按了個「暫停」鍵，一起來又「啟動」。

女兒拿著最後一本書《小鼴鼠妙妙做褲子》發愁，樣子跟插畫中的小鼴鼠妙妙很似。捨不得將一本書讀完的感覺是怎麼樣的？

「這兩本故事書為甚麼一樣的？」起初弟弟以為拿著兩本一模一樣的書，細看之下才知道一本是上，一本是下。

「我從來未讀過分上下兩冊的故事的。」連他也沒看過。這也不奇怪，他其實並不愛閱讀。

分上下集的故事，一定不簡單吧，但主題卻是做一條褲子？

「做褲子有甚麼好說呢？」女兒問。

「我們的褲子，要做的嗎？不是上網按幾個鍵，然後就會出現在家門前嗎？」弟弟也開始明白網購的方便。

兩姐弟才喝完冰凍的鮮奶，已面紅耳熱。今天又是極為酷熱的一天，天氣預告下午高溫會令人感覺像攝氏四十多度。二人又馬上竄回地下儲物室。

電話傳來久未見面的友人的訊息。

友人表示，他們一家明天本來打算去露營，可是他扭傷了腿，不能成行了。營地的費用不能臨時退，如果你們有興趣，就代我們去吧。

這一年妻子不在，加上疫情，他都沒有跟任何朋友出去閒聊或聚會，以往男人幫愛去打羽毛球及橋牌，每星期至少兩次，現在都成了往事。

他完全沒有這個心理準備，一時也不知如何回覆。他環看儲物室，看到露營所需的用具十分齊全。打開冰櫃，冷藏的肉正好可以帶去燒烤。吃的用的不成問題，欠的只是出發的心情及勇氣。

友人傳來短訊催促。你們會去嗎？若不，我便問其他朋友了。

孩子不知哪裏找來一張大毛巾被，在各種雜物之間弄了個帳篷，躲在入面玩個滿頭大汗，不亦樂乎。

「好。就留給我們吧。」他想到在疫情期間，一家人去山上露營是非常好的選擇，既不用擔心人多擠迫，與人共用甚麼，而且整個暑假待在家也不理想。第一次去露營，即使再錯漏百出亂七八糟，也會是難忘的經驗吧。便鼓起勇氣回覆友人。

而孩子在得知喜訊後，興奮得大叫大跳，馬上拿出以往旅行用的有滾輪的小型手提行李箱，把小枕頭和喜愛的書都放進去。然後翻箱倒篋的，把所有露營用品從塵封的狀態喚醒，他又弄了一張長長的所需清單，逐項檢查和核對後，已到了晚上。

然而萬事俱備，只欠泳褲。孩子的泳褲。

他把孩子的泳褲翻出來，一年之別，已窄得無法穿下褲管，腰間的橡筋已放寬至最闊，但坐下來時仍是把肚皮箍得緊緊的，孩子都不願意再穿。而明天就要出發的話，那麼網購也幫不上忙。商店在疫情期間也改動了營業時間，早已關門了。

「爸爸，不用買。」弟弟表情鬼馬的說。

「小鼴鼠教了我們最好的方法。」女兒也學著弟弟鬼馬的表情說。

一天，小鼴鼠看到一條工人褲子。牠很想擁有一條有口袋的褲子，那麼牠就可以帶著牠喜愛的彈珠周圍去。但是如何做褲子呢？牠問了很多動物，大家都說能幫忙，小龍蝦可以幫忙剪布，織巢鳥答應可以為牠縫合，但每人能幫的只有一個小小的步驟，並沒有人能夠為牠圓滿地解決事情。就在牠感到十分無助，垂下頭眼淚流下來之際，有一把聲音說：「不要哭，你照我的話去做就可以了。」抬頭一看，那是「亞麻」在說話。

「小鼴鼠的嫲嫲？牠的嫲嫲跟牠說話？」弟弟問。
「不是嫲嫲，是亞麻，胡麻。」他笑著解釋說。
「姓胡的？」女兒追問。
他笑翻了肚。原來跟孩子講故事，可以這樣愉快。
胡麻，Flax，跟小鼴鼠說，請替我除雜草、趕害蟲、澆水，並等待我成長。
為了做褲子，小鼴鼠日夜勞苦也不介意，就那樣一直靜候亞麻的指示。
終於等到收成的一天，然而卻是工作的第一步。
首先，牠要把亞麻捆成一紮浸在水裏把它變軟，小青蛙幫忙把大石搬來壓住亞麻，不讓它漂走。放在岸上曬乾後，便請鸛鳥把亞麻的莖啄得扁扁的，然後又借刺蝟的硬刺，把亞麻的莖梳成麻線，再請蜘蛛幫忙把線紡成紗，然後到田裏去找來藍莓為線染上顏色，再請鍬形蟲把線剪斷。最後集合螞蟻群找來樹枝又鋸又綁，竟然出現了一部織布機！在其他昆蟲落力打氣及音樂伴奏下，終於為小鼴鼠織好了一塊布。最後小鼴鼠跑回去找小龍蝦為牠裁布，再去找織巢鳥把布縫起來。
幾經辛苦，一條有口袋的褲子終於完成了。
「做一條褲子，這樣的難？」姐弟二人都感到十分驚訝。
利用亞麻做衣服，在三萬年前的古埃及已出現。

「我們家有胡麻嗎？」弟弟問。他搖了搖頭。

「傻瓜，有胡麻也沒用啊，我們這裏沒有刺蝟和鍬形蟲的！螞蟻倒有不少……」女兒想得比弟弟仔細。

「那麼我們明天是沒有泳褲穿了。」兩個像被丟在地上的公仔。

他沒有把那些像你們這一代人當然不知道甚麼是艱苦的話說出來，事實上他的成長除了家中物品簡陋一點之外，也沒有捱餓捱凍或受災難牽連的經歷。他目前最需要解決的，是迫在眉睫的露營大計。一堆露營用品四散，要執拾三個人四日三夜所需的衣服鞋襪，而孩子沒有合適的泳褲，他手忙腳亂不知從何著手。忽然有點後悔答應了朋友之邀請。

查看網上地圖，其實營地就在離家一小時的山上郊野公園。山下的社區是平常的住宅區，要買食物及日用品應該不是問題。要是發現有甚麼遺漏或欠缺，如萬一不夠食物或飲用的水等緊急情況，大可以開車回到山下去買補給。最壞打算就是回家一趟，來回兩小時的車程，在幾天之中來說也是很短的時間。更壞的，就是完成不了四天的旅程，在第二或第三天腰斬返歸，那也不算太失敗吧？

他一邊安慰自己，一邊想像著往後幾天所需要的東西。

以往去旅行，都是由妻子負責這些工作。孩子需要多少內衣褲，誰怕熱誰怕冷，要穿長袖或短衣，戶外用的褸要防風或防水，他都一概沒研究。

打開鞋櫃，如何選擇帶哪一雙鞋子去露營，或者該帶幾多雙？這些問題都重重打擊著他。天氣報告表示，明天天晴，非常酷熱，有中暑危險；晚上有驟雨，或有雷電。之後兩日天氣不穩，漸轉大霧，天氣轉涼，或氣溫驟降，山上地區或有冰雹。

這是甚麼樣的天氣預告？到底應該準備夏裝、秋裝還是冬裝？帶泳衣和防曬用品？帶雨衣、雨靴和雨傘？帶冷帽、棉衣和手套？山間晚上的冷溫度可不是說笑的。真是豈有此理。而那泳褲的問題還未能解決！

就在他快要放棄的一刻，孩子把兩條全新的、還貼有價錢標籤的泳褲放在他的眼前。

「這是哪裏來的新泳褲？」

「在我們的手提行李內找到的。一定是媽媽知道我們會去露營，準備好的。」

他看了看泳褲的價錢牌，是減了又減的。孩子穿上，剛好合身。

那夜，他們三人又在儲物室睡覺。孩子睡著後，他走到樓上繼續執拾露營所需，直到三時多，早起的鳥兒開始唱歌，他才記得要去睡。

第二天孩子早就把他弄醒。他也精神奕奕的，感到這次真的萬事俱備，只等待出發的時間到來。

就在把東西放進車箱，在出發前作最後一次檢查時，他發現原來自己沒有泳褲而方寸大亂、青筋暴現，彷彿一切都因為泳褲而被摧毀了。

只是當時他並不知道，跟之後幾天的事情相比，泳褲的事根本不值一提。

第(2)部

三個人一起創作的故事・來自另一時空的信

Part 2 /

Stories created by three people ·
Letters from another time and place

第一(日)	Day 1 / Daytime
營地	Campsite / 38°C

Golden Ears / 1716 meters

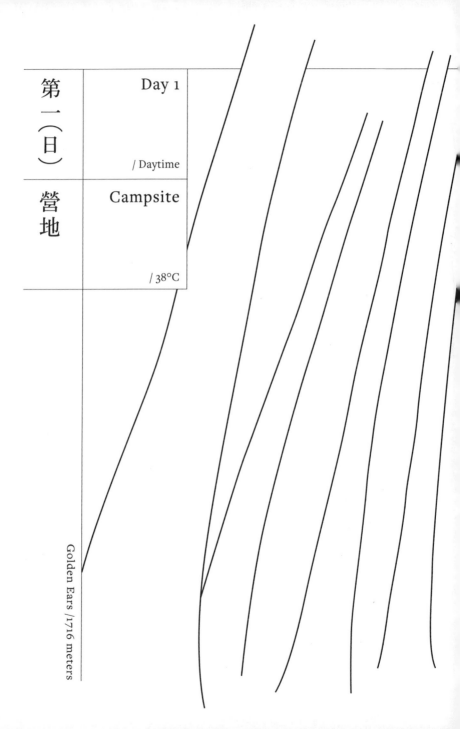

原來，露營比旅行更可怕。

由不同功用的長的短的內衣及厚薄外套，拖鞋、波鞋、防水鞋，嬉水用的泳衣、太陽帽、太陽傘及林林總總玩沙的用具，吃的喝的水果零食及礦泉水，煮食爐具汽油煤炭，鍋子碟杯餐具，再到清潔用品廁紙洗頭水牙膏牙刷毛巾和梳，還有防蟲防蚊防曬及潤膚潤唇，到藥物膠布及照明工具，幾乎就是將整間房子壓縮成一輛車那樣帶去。無論怎樣準備及檢查，都總覺不妥。

以往開車去旅行，除了雜項由妻子負責，她也總會在副駕駛座上充當導遊及交通導航的角色。這次副駕駛座上換上了一條未充氣的船，了無生氣地，似是預告了旅程的重重困難。

由他一人獨攬大旗帶兩個孩子出行，心中除了不安，責任也以不止雙重的份量壓在他身上。還未起程他已頭痛欲裂，想吃兩顆止痛藥，卻又不知道藥到底塞在哪個角落。

他們的七人車也發揮了前所未有的功用，幾乎每一寸都塞滿物品。兩個孩子的腿上放了他們自己的小睡袋，可以當攬枕抱著。腳前是幾排樽裝水，正好用來墊著雙腳。頭的兩邊都有不同的東西塞在旁，太陽傘、帳篷的支架、充氣船的船槳，都在孩子的兩旁左右穿插。倒後鏡中只看到如高牆一樣的用品，看不到後面的交通情況，卻有孩子兩張充滿期待的笑臉。但笑意並沒有反彈到看著倒後鏡的他那裏去。

這趟旅程到底會順利結束，孩子快樂地感到滿載而歸，還是天公不造美，所有事情都事與願違？他心裏沒有半點把握。他只知道目的地在一個名叫金耳山的山上。

金耳山山高海拔一千七百多米，山頂幾乎終年積雪，甚有觀賞價值。其名字的由來，乃是由於山的兩個雙連山峰跟貓的耳仔形狀相似，在夕陽斜照下，山頭滿佈金光，因而有金耳山之名。山腰有由政府管理的湖泊和露營營地，而營地的位置約海拔三百米之下。

「那裏是不是有很多金色的耳仔？」孩子認真的問。

其實有沒有金色的耳仔，他也想像不到那到底是一個怎麼樣的地方。

車在山下的市區走了半小時，被無數車子從後切線後，終於慢慢走進人煙較少的市郊地區。此處沒有大品牌在半天飛揚，商店都屬小社區所需的，貨品數量不多但必需品總能找到。路上行人稀少，行人過路燈看來非常無聊。整條街道都沒有中午過後應有的人氣。也可能因為天氣酷熱的緣故，走在街上變成苦事一宗，還是這區原來都是這樣？

孩子隔著物品窺看窗外的風景。

「爸爸，我們在別的國家嗎？」

「才不是呢！別的國家不能開車到的。」

「才不是呢！國家與國家可以是相連的。」

類似的對話從一開車就不停上演。他試過把收音機打開，音量調高，但情況於事無補，反而更嘈更亂。

然後，最不想出現的事情始終發生了。

在心神恍惚下，他走錯了路。看到一個野外攀繩索的看似好玩的地方，便停下車來查看地圖。

他著兩個孩子下來鬆鬆筋骨，有需要也可以上廁所。

「就是這裏了？」弟弟露出不能置信的表情。

「天啊……」女兒抬著頭，三百六十度轉身。

「他們在飛！」弟弟很雀躍地說。

「是啊！他們在飛！」

天空散下的刺眼陽光在樹蔭間穿梭，散發出叫人迷惘的影像。高聳的松樹間，有很多由繩子和木板連繫在一起，搭成樓梯、橋及各種可以攀爬的障礙物。半空中有不少年輕人在樹與樹之間戰戰兢兢地行走著。最驚心動魄的，莫過於一段懸空的飛行，由樹的一邊，只以安全帶繫著鋼索，滑行到另一邊。排在後面的人在呼叫，已安然滑到對面的在喊快過來啊，樹下的圍觀者在助興，工作人員在入口處收錢。

他沒多理會，一直看著 GPS 上的地圖顯示，放大縮小的，搞不清路的方向，手汗一直在冒。全球定位導航這種東西，不比妻子的真人導航來得清晰捷便。

「爸爸，我們也想飛。」姐弟二人露出真誠而急切的表情。

「他們不是在飛，他們在滑！而且這樣滑，很貴的，你看！」看地圖看得心煩意亂的他，已失去耐性。

孩子失望地看著由木板製成的價錢牌，猶如利用樹枝刮出來的數字及各種套票細節，再看到工作人員你們要買票嗎的眼神，只好讓到一旁。

「姐姐，三十元即是多少？」

「唔，我只知道一元是最大的，這樣大。」她用手指比擬著一元硬幣的大小。

「你看你看！那邊有小孩在飛。」姐弟二人急忙跑去。

那個會飛的小孩不比他們大，事前在樹上的台階旁邊猶豫良久，不敢前進或後退。小孩身旁的人在喊加油，排在後面隊尾的在說可不可以爽快一點。氣氛混雜之下，小孩似是被人推出去還是自己迫不得已跳出去，又因為欠缺一點助跑的衝力而令滑行不太順暢，在兩棵大樹的中間位置幾乎有停下來的險象。

「救命呀……」小孩輕聲地說，不敢大叫。懸在半空也沒有人能馬上出手拯救。幸而最後小孩在慢溜的情況下順利到達另一邊，拆下安全扣，再扣上另一棵樹，繼續其飛行之旅。

站在樹下全程緊盯的兩姐弟才敢鬆一口氣。

他們的背心都濕透了。天氣真熱。像是熱得叫人忘記呼吸。

「爸爸，我們也可以飛嗎？」
「我已說了，他們在滑繩索，不是在飛。」
然後另一人又飛，這次膽大的小孩，張開雙臂，把身子盡量作趴狀，的確似在飛。
「你看，真的是飛啊！」
他不想再爭辯，便說不如到那邊看看其他障礙賽及繩索做的玩意也可以順便拍拍照。
三人在這個攀繩的地方走著走著，孩子對每個設計都感到十分驚嘆，他則留意到每種活動都有不同的收費及時限。到底這間機構，如何能大肆利用了樹林去作私營的生意，牌照及維修又如何計算？
萬分不情願地，他才成功把孩子拉走。
「再見了，塵先生塵小姐。」孩子把手臂伸長，像在撫摸。
「誰？」他以為自己聽錯了。
「向塵說再見囉，你看不到嗎？」
他始才仰頭細看，陽光在樹頂透下層層光線，在枝葉相間下，無數塵埃在空氣中似在漫舞，也像凝固，或飛揚。
「塵也可以飛，我們卻不可以。」
兩姐弟邊踢起路旁的泥沙邊說，感覺似是行程已結束了那樣失望而回。

真正的旅程還未開始，但他已經感到累了。

在經過市郊最後一間商店及房子後，車一拐彎，便進入了郊野的範圍。行車路變得狹窄，柏油路不見了，變成了碎石路，粗糙而且顛簸。

車緩慢地沿著山勢爬行，各種不同彎度的路為他們提供了一幅又一幅無法預計的風景。揚起的滾滾沙塵包圍著他們。

「弟弟你看，塵的一家跟著我們走。」

姐弟二人啦啦啦的唱著不知名的歌，不亦樂乎。

終於到達了營地的入口亭，職員核對資料後，他們便沿著更窄的單程路，正式走進營地的範圍。

營內的世界對第一次去露營的他們來說絕對是意想不到。這基本上就是一個樹林，樹最少有兩三間房子的高度。每相隔十多米，便有一個可以予人搭帳篷的空地，有一張木餐桌，及一個用來燒烤的簡陋鐵爐，沒水喉也沒電源。

車沿著簡單的指示行走，他一面看到有人在洗衣服，有的在煲湯？也有正在拆帳篷，執拾東西準備回家的；又有一班在營地四處踩單車玩石玩泥沙的孩子，像身處一個忽然異化的別致世界。

他呆住了。

這跟他事前的想像很不一樣。他以為營地會像類似停車場的格局，只是背景為大自然元素；鄰近的營友像左鄰右里，絕不至於處於頗為孤立的隔離狀態。第一次帶著兩個小孩去露營，他期待的是樸素的鄰里關係，野外的互相幫助。而更甚的是，那是無法接收任何電話網絡的地方，故此無法接收或發出電話及訊息；更無法上互聯網，定位顯示也全告無效。

在營地兜了兩個圈，好不容易找到屬於他們號碼的地方。再三核對後，便向孩子宣佈他們到達目的地了。

孩子高呼叫著跳下車，像是已乘搭了十幾小時的航程，置身異國。

站著仰望，樹的高度更具壓迫感了。環繞他們營地的十幾棵松樹簡直有如城牆堡壘。與隔壁的營地相隔一定的距離，又有樹的阻隔，雖然仍可看到別人的活動，但卻又幾乎互不相干。而營地之大，足以迷路。

這令他有點不知所措，一時間不知自己身在何處，然而又要裝作若無其事。

他把東西逐一從車上搬下來，孩子已自顧自在玩著樹葉。

細看帳篷的說明書，理應是一個人能應付的開彈式易搭帳篷，卻左弄右弄都無法把它打開。

「爸爸，我餓了。」

「隨便在那個袋裏找些零食吃吧。」

「甚麼？可以隨便吃零食？嘩哈！露營真好玩！」然後姐弟倆便飛奔到寶藏堆去自行發掘。

他想解釋說那跟露營好不好玩無關的，又想到，原來孩子在家中從來不可以隨便吃零食？他其實也很少買零食。

帳篷又塌了下來，他的心情亦然，真想像電視劇演員那樣坐在地上雙手抱頭。而根據劇情所需，這個時候應該會有另一角色出場把他嚇一跳。

「你拉錯繩子了。」忽然一把聲音向他說。

一個男子手拿著沒燃點的電子煙從樹後冒出頭來向他說話，果然嚇了他一跳。

「拉另一條才對。」男子指了指那條明顯較粗、看來相對重要的繩子說。

他才如夢初醒的反應過來，繩子一拉，篷的一聲，帳篷真的順利打開。

「謝謝！你們也是用這款帳篷嗎？」他感覺這回應太笨了。

「不是。只是普通常識吧。」男子聳了聳肩，把電子煙放回風衣的口袋去，說了再見。

他才自覺不是回應太笨，而是他真的太笨。而且距離從家中出發已經半天，千山萬水來到，搞了那麼多，孩子已把第一包薯片迅速消滅，他才只完成把帳篷打開這動作，沮喪感不禁油然而生。這是誰都可以看到的表情，卻偏偏又沒有人看到。

真不敢想到四日三夜七十多個小時之後，這趟露營之旅會以怎樣的面貌結局。

先寫結局

／來自另一時空的信／1

先寫結局，是不是很好笑呢？

我盡量就把事情說得好笑一點吧。

第一次聽到這個說法，是在我報讀的最後一堂網上寫作課之上。講者是個薄有名氣的流行小說作家，對方在電腦上顯示出來的著作佔去熒幕不少的畫面，不過老實說，我卻從未讀過也沒有聽過。

對於作家在最後一節課隆而重之地說出感謝大家的客套話，有感對方過於圓滑，欠缺一些我認為作家應有的獨特個性。不過，對於作家我們應該有期望嗎？都是其次了，那最後一節課的細節不提也罷。你們不用理會。

但關於「先寫結局，便知開首」的做法，我的確想說說。

一般來說，以電影為例，尤其愛情片最後總是大團圓結局，或刺激人淚腺的居多。你們已經看愛情片了嗎？動作片的話，正當好人被打得七零八落，壞分子似乎佔盡上風，快要來個解決，好人在快要氣絕身亡之際，總能在千鈞一髮間使出最後的秘密武器，又或者正義的朋友及時趕到幫了個大忙，壞分子迅速被擊敗，不得好死，永不超生。像 *Marvel* 那些拍之不盡的超能力英雄電影，你們都不會陌生吧。

那些結局，並不突出，也沒驚喜，要以這樣的「結局」來推算「開首」，我覺得意義不大。我記得當時網課上還有一個沒把視像打開、只露出聲音的男同學不住在旁插嘴說：是的，是的，Sir 你說得真有道理。

極有可能，他認為那樣說便會得到更高的分數？又或者覺得認識了一個流行小說作家，於他會有任何好處？你們絕不要抱這樣的心態，分數必須靠著自己的努力爭取而來，世上沒有不勞而獲的東西的。而至於認識誰和誰會得到某些好處，不能否認，出外靠朋友，多與不同的人交流和溝通，有利於人事處理和發展的機會。不過像我這樣的一個孤僻又害怕寂寞的人，常常在擴闊生活圈子跑來跑去浪費氣力，也不能為你們說出絕對的、很有用的意見。很多時候，只能見步行步。不能想得太遠。你們會明白嗎？

所以那最後的一節課，我就在沉悶中閉上半隻眼度過。

那時剛開始了全球疫情，有些國家實施前所未有的封城措施以限制人的流動、病毒的流動。沒有封城的地方，也少不了加緊防守，奢望能阻止病毒入侵。全世界的人沒有就此甘心被困；身體被禁制，卻能藉著互聯網向外延伸，網上課程如雨後春筍（其實我從沒見過雨後春筍，野生菌類卻看過不少），更因此而連接了全世界；一些藝術珍藏、入場費不菲的著名博物館，本來一生也未必有機會靠近，卻因為疫情而可以如在現場一睹其面貌。那場誰也想不到的疫症，令全球人類都在反思實體與距離的關係，自我與社會空間的意義，在適應「我不必置身其中」的反傳統。

忽然大部份人發現原來都可以在家上班，在家學習，甚至在家考試。很多美食，原來也可以在家自己烹煮。交通忽然前所未有的暢順，燃油需求大減，價格回復至九十年代。

你們還記得嗎？那次的疫情，不記得也是好的。那樣的疫情，一次就夠了，可惜的是科學家已預言，那並不會是絕無僅有的一次，人類將要為破壞大自然及研究生化武器而作出代價。

當時我看到有些國家疫情嚴峻，屍體滿街的恐怖慘況，心裏非常擔憂不安，開始胡思亂想，覺得末日快要來臨。政府苦口婆心呼籲市民不要恐慌，不必盲搶食物藥物，請大家在家找點有益身心的事做。你並不是孤單的。

然而很多人也開始出現情緒問題甚至失控，每天吸毒死亡的數字創下前所未有的新高。

於是我，便報了一門網課，七節不多不少，都是在你們睡覺以後才上的。在我的視像關閉的情況下，沒有人會看到我疲累的狀態。

你們這時候，還會用電腦上網課嗎？又或者你們這時代，已變出很多更意想不到的新科技。

科技日益千里，我從前便想到，一個二十年前坐牢的人，對於互聯網世界、電話通訊、智能家居用品、全電汽車等等可能都一無所知。

不過，那些都不重要了。重要的是，為甚麼要先寫「結局」？倒敘的電影、電視劇，不就有很多用上先出現結局來賣關子的手法嗎？為甚麼又煞有介事，用一節課去說明「先寫結局，便會知道故事開首」的道理？

坊間有很多不同種類的巧立名目的課程，你們都要小心選擇，免得浪費了錢。

是的，我說過會盡量把事情說得好笑一點的。

我想到一個好玩的寫法，就是將故事直接逆轉來寫；不是揭示了結局作引子然後從頭說起，而是根本性地從尾寫上來，像三文魚那樣，在河流與大海的交匯處，逐步逐步逆流而上，回到最初的起點，放下最重要的遺物然後壯麗地離場！

記得那年我們去學校後面的樹林，看那些由自然保育義工帶領放生的像指頭般大小的三文魚嗎？半年間，牠們已從小河游出大河，再游出大海，在深海中不知見識了多少事物，認識了多少海洋的同伴，然後長大，再次回到原來的河。那時我們在橋上看到努力迎難而上的三文魚，未能感受牠們是否過於艱辛。當然也有未能成功的、在河的中段任務已告吹的一批看來相當可憐的。

從三文魚的故事，令人明白到走路的方向不止只有一個，方式也可以不同，說故事的方法也不一定要跟著甚麼理論或主義、形式或潮流、習慣或規格、標準或別人的期望去進行。那些東西本來都是由人創造的，可以是刻意也可能是約定俗成；既然是人為的東西，也就沒有不可打破或改變的道理。由尾開始逆轉來寫，也未嘗不可，不能說是錯，而且，那豈不是更有趣的考驗自己的方法？就如記下我的寫作課，我也來先寫結局，然後逐步倒敘回到開首，你們會覺得有趣嗎？

對了，也許我在那最後的一節課上，就該當場提出這樣的說法，說不定作家導師會對我另眼相看，給我打一個最高的分數。當然，拿得高分也不一定有意思。而他對我另眼相看又如何？忘記那些課吧！對了！想像我們都要像三文魚！

不過說得容易，倒是未知是否真能做到。不要緊，肯去嘗試已值得欣賞，你們都在不斷的錯誤中學習吧，能否順利做到只是其次，不順利也很平常，也絕對可以繼續做下去的。我的想法是，在當下一刻就全心努力先做下去看看，到最後即使不成功，也沒有強烈的賠了夫人又折兵的挫敗感吧。而且寫東西不花錢。當然，能成功就最好！

但我也想說說「結果」這一詞，有很重要的訊息，很想你們記住。

「結果」既是詞語，表示「到了最後」，但分拆開來，「結」了「果」的意思就很不同了，那是植物生長過程最後的步驟，有了果實，植物生長的任務也就完成了。記得有年，我第一次在後院弄了個小小的菜園嗎？我們趁著好天氣，花了很多時間在菜園整理一番。我除草、修枝，你們施肥，細數果實的數量。菜園的成功，由後院動物糞便來做參考；果實越被吃得多，越多糞便，即代表我們越是成功！

對不起，我又用上「成功」一詞，這並不是我想強調的，你們記住，不是所有事都會如願進行，其實失敗的永遠比成功的多，而多次嘗試後仍然不成功，也是OK的。正如你們玩電子遊戲那樣，過每一關之前，打大佬之前，必定會戰敗多次，但你們必然會繼續按下「再嘗試」的鍵，不過關決不放棄的屢敗屢戰，而且那不是一時三刻的事。

最初因為疫症，我們都不敢外出，就一起在家玩那套《哈利波特》Lego電子遊戲，遊戲中七個學年的關卡，我們用了多少個日夜才打敗邪惡的壞蛋佛地魔？在佛地魔以Lego模型逐塊逐塊地慢鏡粉碎開來時，我們真的禁不住高聲歡呼起來！開心的也許不是因為佛地魔這惡魔被打敗吧，可能是他崩散開來的樣子在模型的板塊效果下顯得太滑稽，更可能的，是因為打爆機，當中包括了我們日積月累的鍥而不捨，思前想後如何跳過各種險地、取得各種武器和技能、狂按某鍵直到手指發痛、努力儲分數以換取不同的寶物，還有那種共聚在廳中，抱著被子和攬枕，吃著薯片和爆谷，我和你們兩姐弟共同努力而終於達到的一種「結果」吧。

那種「果」，跟你們從後院摘下來的小黃番茄，你們游泳或鋼琴考級的成績單，或者自食其果，堅實的榛果，都不一樣。

然而有了「結果」也不代表從此劃上句號，永遠不再有關。結果往往只是暫時性的，譬如說鋼琴考試的結果是你合格了，老師也滿意了，又或者運動會比賽，你們那隊伍或是你得到了第一，那只是單一次獨特的結果。但喜歡鋼琴的你，喜歡運動和競賽的人，並不會因此就停下來，相反，會以更努力的心態去準備下一次考驗及比賽的來臨，就像奧運會選手一樣，即使得到了金牌也不言休，很快又再到其他地方作世界性的比賽。

這種「果」，我更想你們能夠從它的由來來看：樹上長出了果，但為甚麼？因為有人努力在耕種，栽培，才有樹，才長苗，才會發芽，那是「因」；又因為有「果」，才會引發有下一次「因」的循環。

別小看人的潛能，別輕言做不到，像人類渴望像鳥那樣飛，一直以來看似不可能的事，在後來卻變得很日常了。而且有些本事是與生俱來的，人往往總能越戰越勇，我也無法想像可以生下你們，並日以繼夜地把無盡的工作和責任重複又重複；就像三文魚那樣，牠們努力從大海回到河的上游，再回到生長的地方再生產，都沒有想過「不可能」的。

所以我也嘗試寫下一個由終結開始的故事。不過，把事情說得好笑一點也許並不是那麼容易。但我會即管盡力一試。

當然，你們要謹記，打機只能在周末，而且要定時休息眼睛。

你們都看得明白上面的文字嗎？如看不懂，可請教中文老師。

塵蟎曬太陽

大概將整間房子的格局擺放好能正常運作後，他看到孩子已經把半袋零食掃得空空如也。

孩子玩得汗流浹背，天氣這麼熱，卻忘了叫他們喝水，他自己也沒有。

「你們在玩甚麼？」一塊空地竟如此耐玩。沙和石，樹和草，這些東西在家的前後院及一般公園也有吧。從家中帶來的遙控玩具車及平板電腦根本沒有打開過。

關於平板電腦，在出發前一晚他作了多番心理掙扎，由訊號接收到充電問題，由兩個孩子共用一部到他自己是否也需要多帶一部，由去野外露營的意義到孩子竟下載了每玩一分鐘便要看三十秒廣告的遊戲程式，再由回想起第一部平板電腦乃是妻子婚後送給他的第一份聖誕禮物，到多次賣掉又買新的型號，但因為拍下孩子的生活點滴而記憶容量永遠不夠；各種細碎的想法擴散到無限遠，到最後還是決定不了，直至要出發了才急急把其中一部充電不足的塞上車，然而又在車程中被孩子發現偷偷打開然後出現二人你爭我奪的吵鬧場面而後悔不已。

「我們在跟塵玩。」孩子稍停下來，喝自出門後的第一口水，一喝便是一瓶。

「跟塵怎玩？」他被孩子的回答考倒。

「你想怎玩也可以。」

「那你們怎玩？」

「我們在看塵飛上天。你知道，《小鼴鼠》第二輯有一本《小鼴鼠飛上七重天》嗎？」

他想起昨晚發的夢。到底最後他有沒有買到第二輯？

查看電郵記錄，似乎沒有發現。但那可能是因為沒有網絡覆蓋而電郵顯示受影響？不能連上互聯網令他混身不自在。

「沒有書，但我們也可以跟塵說故事的。」孩子一臉笑意。

「怎說？」他一面把雞翼拿出來，仍未解凍的狀態令他有點不知如何是好。能直接燒嗎？該現在放醬汁還是先待解凍後再放？

「塵說，天氣這麼熱，牠也熱得很辛苦，很乾。越是乾燥，牠的身體便越輕，也就能飛得越高。可是越乾燥，他就越難生存。我想跟牠說《小鼴鼠飛上七重天》的故事，令牠開心一點。」女兒踱著步，頭望地面說。

還是把雞翼先燒熟，才把醬汁塗在上面？他想模仿妻子在家煮食的方法，卻一點都想不起來。可恨的是最好朋友互聯網此時又失效。

沒有了互聯網，他猶如失去雙臂。

「越飛得高，越看得多，所以塵很開心，很喜歡曬太陽。」

雞翼並不是剛從超市買回來一磅裝的那種，而像是有人買了特大包裝，然後用保鮮袋再自行分裝。他想不起自己有做過這樣的事。拿起雞翼翻來翻去細看，竟發現袋子的某個角落，寫上了日期。是妻子的字跡，她寫上的日期。

「塵蟎在樹上曬太陽的時候，看到一隻鬃獅蜥。他問鬃獅蜥，你好，你在樹上幹甚麼？鬃獅蜥說：我在找小鼴鼠，你有聽過牠嗎？塵蟎說：小鼴鼠？沒聽過，鼴鼠不是只會挖洞嗎？怎會在樹上？」

他拿著雞翼呆了，手指被冰凍的肉冷得發麻。妻子，肉，妻子的肉，這包肉。他的腦袋突然像被電擊一樣，胸口發痛，跪了在地上。

我是塵蟎，是偷偷跟著家中孩子出來的塵，這也是我第一次來到樹林。平時在家我最喜歡吃小孩吃剩的餅屑，還有他們的死皮。雖然他們永遠都看不到我，根本沒留意我的存在。我最喜歡的活動就是看他們把舊的玩具等東西翻出來，揚起各種舊日的塵埃，真像是開派對！最討厭的事情就是清潔日，通常是星期日。孩子的爸爸還因為他們最近都有鼻塞問題而買了空氣清新機，有紫外線的那種，目的就是想把我殺死吧。這次有幸來到樹林，出乎我意料之外，這裏有家中看不到的風景，實在太美了。我以為我會喜歡家中的睡床和地毯多於外面。現在我也無法回去了，而且太乾燥我也活不久了。

雞翼也重重地掉在地上，像大石被鑿碎，在袋子內散開。

孩子則開始爬樹，邊爬邊繼續說故事。

鬃獅蜥說，我是屬於寵物店店主的，價值二百元，不過主人總是捨不得把我賣出，即使每星期都有人表示有興趣，主人也只會把我拿出來讓人拍照。可是有一天，店裏突然來了很多人，說要把寵物退回，我又重見了以前認識的倉鼠和小兔朋友，牠們都長大了長胖了不少，我本應替牠們高興，但是這次牠們被退回來，是因為有些東西搞錯了，是甚麼搞錯我不太清楚，那些人都戴著口罩和手套，急急把動物丟回給店主就走了，好像跟甚麼傳染病有關。那些人類真是好心腸，不單給動物溫飽，還在危急的時候先想到要好好安置動物，以免被外面的病毒傷害，寵物店真是一個充滿愛的地方！只是主人看來十分不開心，我也不知原因，那些回來的動物，後來就不見了，可能傳染病沒有了，已經回到主人的家，又或者找到新的主人？

雞翼的日期就正好落在他眼前，沒有眼鏡也能清楚看到，寫著的是去年今天的日期，是妻子刻意在冷藏肉上寫下的保鮮限期。

他伸手把雞翼拉過來，像抱著寶物一樣，冷凍的死物在他懷中開始被溶化。

鬃獅蜥忽然語調哀傷地說，一天主人罕有地帶牠到山上，但一不小心與主人失散了，營地每個都一模一樣，牠分辨不到，唯有爬到高樹上，希望可以看到更多更遠。可惜在樹上幾天了，也看不到主人，也聽不到主人喊牠的名字。牠不知道主人是不是正在焦急地找牠，但牠也想過，主人是有意把牠帶到野外然後留下牠的。當中的原因，鬃獅蜥說牠不明白。

塵蟎像是同情鬃獅蜥，卻也有點不以為然地說，那麼你找小鼴鼠幹嗎？牠又怎能幫你找主人？鬃獅蜥解釋，那不是一隻普通的鼴鼠，牠名叫小鼴鼠妙妙，是一隻由人創造出來的動物，雖是鼴鼠，但會飛，也會和雪人和人類交朋友，又會吹笛子、去商店買東西，認識很多東西，交遊廣闊，說不定牠有辦法替我找回主人。對了，你有聽過地圖這種東西嗎？如果有地圖，就可以回家去。也許小鼴鼠會有那種帶人回家的地圖。

孩子成功攀爬，離地已兩米，姐姐拉弟弟，弟弟扶姐姐，笑聲越來越響，跟地面的他的距離越來越遠。

塵蟎說，我沒有見過小鼴鼠妙妙，但我的兩個小主人可能認識牠。塵蟎四圍張望，看到兩個主人就在樹下努力攀爬著。鬃獅蜥靈活地用四肢倒轉身體，向下走直到孩子的頭上，嗅兩嗅，便又跑回塵蟎那裏去。鬃獅蜥失望地說，牠不認為那兩個連樹都不會爬的生物會有多大的本領，更不用說他們可以找到小鼴鼠。

地面似是有異常的地心吸力的，使他雙臂麻痺，雙腿似是被吸住，頭也想隨時重倒在地上，只是眼前並沒有發黑，那袋不再凝結成一大塊的雞翼，和孩子向上升的身體，非常清楚。

地面的熱力提示他血液仍然運行。他努力地支撐起感覺無力的身體。鬃獅蜥和塵蟎在樹枝上呆著。塵蟎因為太陽猛烈，開始不由自主地再次升起。鬃獅蜥不捨，你要是走了，我一個人如何找主人？說罷，鬃獅蜥伸出舌頭，把塵蟎的身體舔濕。得到濕氣的塵蟎，身體添了一點點重量，輕輕地停在半空。

謝謝你的口水，塵蟎說。但是，要是我沒有孩子的死皮，我也活得不久的。說罷，鬃獅蜥用自己尖如刺的利爪抓了抓頭，一些仍算鮮嫩的皮掉下，說：你拿去吃吧。

塵蟎十分感動。雖然大家素昧平生，只是在這大自然中的一棵樹甚至某片葉子上萍水相逢，以後也許沒有機會再見，但是感覺大家心靈相通，對彼此的互信達到不能解釋的地步，日月星辰，不需要邏輯，或計較回報。

孩子爬了一棵又一棵的樹，每棵都有不同的難度，感覺，和氣味。

他慢慢地恢復正常的氣息，坐在椅子上休息。雞翼也順理成章地溶化了。

「爸爸，甚麼是七重天？天空有七層？」孩子滿身泥塵的，像野孩子。

他只聽說過好像是屬於聖經的故事，或是其他宗教也有說及，他不肯定。即使他知道，現在也沒有解說甚麼是七重天的力氣。他只想努力平靜情緒，盡快回復，繼續餘下七十小時的旅程。

「跟塵玩了甚麼？」他努力擠出一句。

「玩捉迷藏！塵負責捉我們，數到二十，牠就要開始找我們了！」兩個小孩馬上分頭找一些可以藏身的隱蔽地方。沒有家具和門，孩子要學習野外的躲藏技巧。人類沒有保護色，是大自然中自我保護能力最低的生物。

塵蟎聽到，滿心歡喜，他們在叫我！他們知道我也來了？

鬃獅蜥向塵蟎說，你跳上來我的身體吧，你不需要地圖就可以回去。鬃獅蜥帶著塵蟎爬到樹下，在保護色的掩護下，毫無障礙地來到孩子的身邊。孩子靜靜地一動不動在躲著，更方便了。塵蟎感覺真的是飛上七重天了！

「都沒有人在數，你們躲甚麼呢？」他站起來，伸展一下手腳，深呼吸幾口，一切似乎大致正常。

「有數呀，你聽不到吧！現在你把我們的行蹤暴露了！」姐弟倆飛奔走到帳篷內。帳篷搖來搖去，幸好沒有倒下。

營地管理員開著吉普車來到，說因為天氣炎熱風高物燥，以炭或木燃燒的燒烤爐已禁止使用。

他與雞翼互看了一眼，只能苦笑。幸好臨出發前他帶了一個小型汽油爐，是以往妻子常用來吃火鍋用的，還有一個打算用來煲水的鍋。

天色開始現出微微的暗橙，似是有人在發出某種警告。

「那個七重天的故事呢？」

帳篷內傳出孩子天真的笑聲。

塵螨，晚安。

鬃獅蜥，謝謝你。

不能燒雞翼，總能煮雞翼吧。

他向自己說，絕不能就這樣放棄。

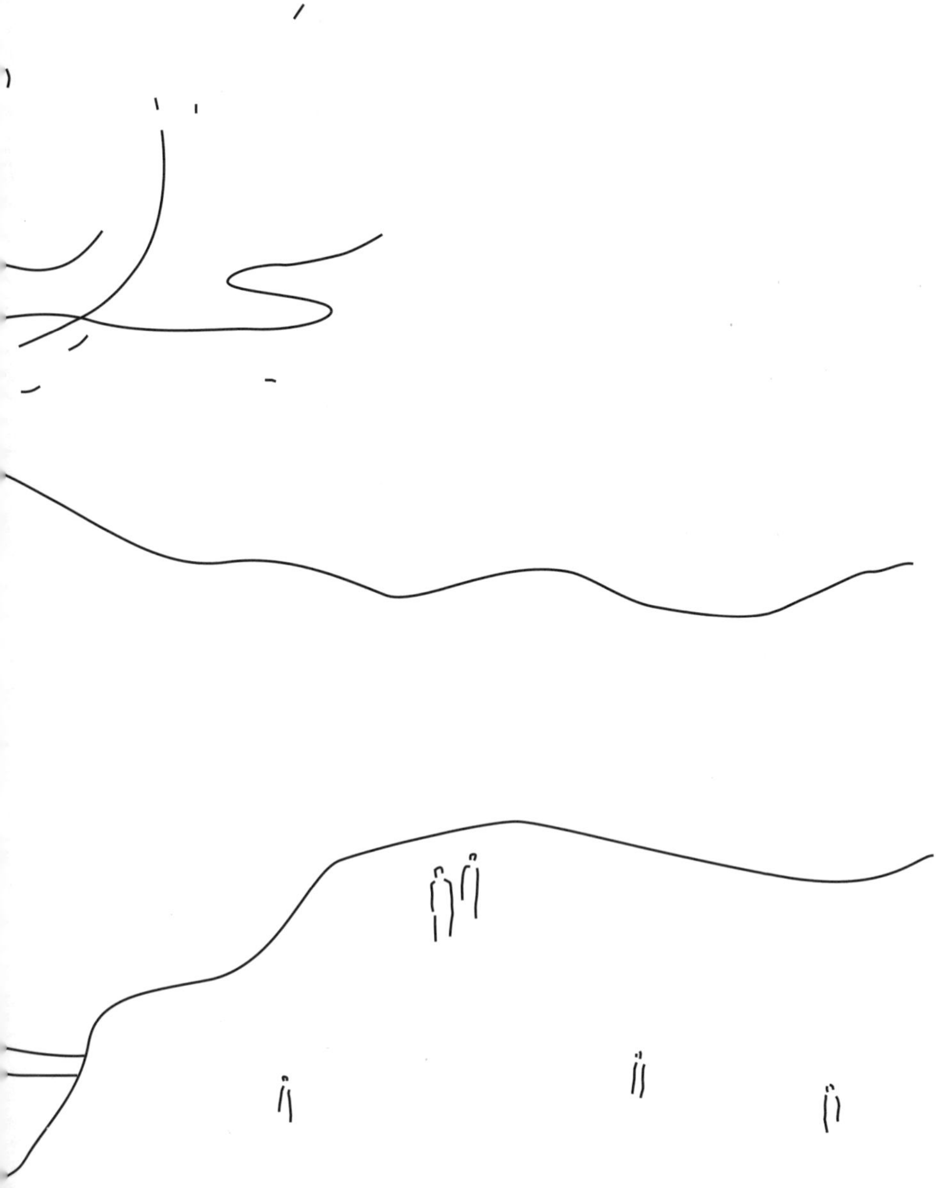

第一（夜） 山火

Day 1 / Nighttime

Wildfire / 28°C

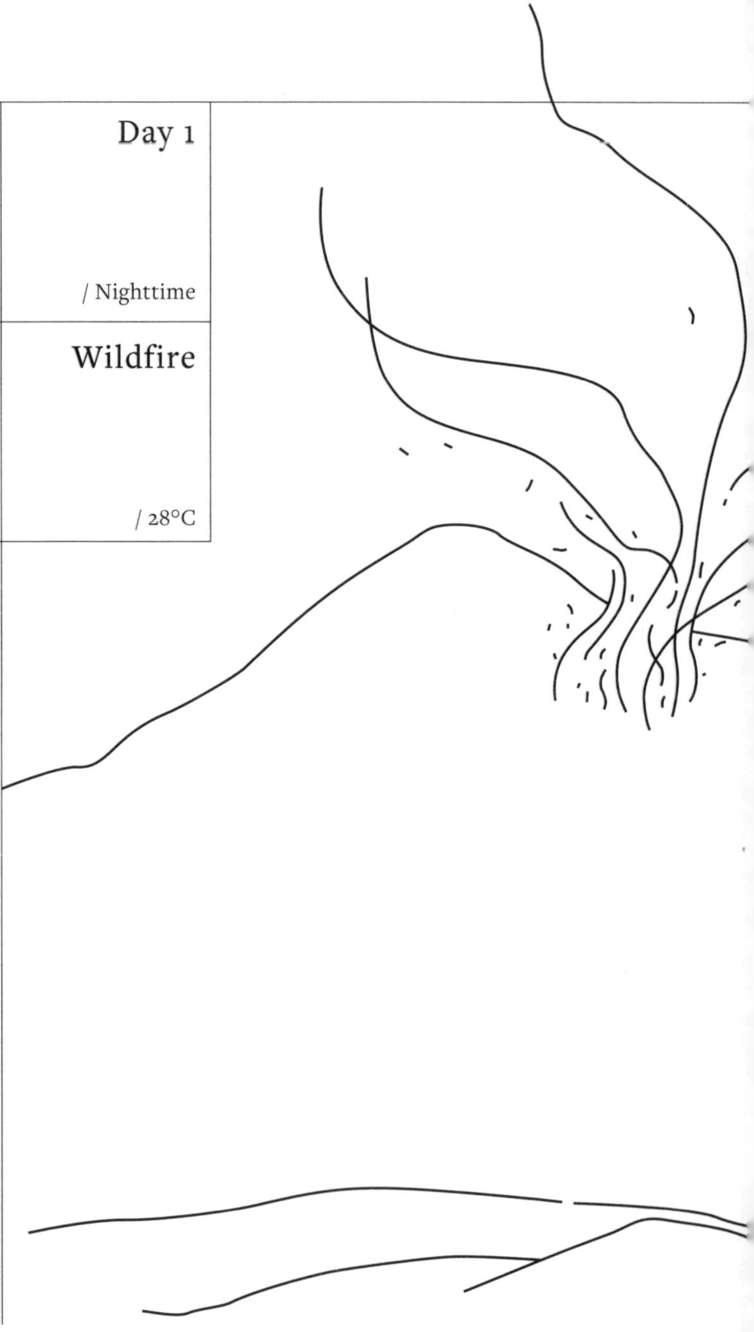

Golden Ears /1716 meters

天色每一分鐘都在轉暗，很快便完全蓋上不懷好意的黑色。氣溫並沒有因為太陽遠走而變得涼快，反而在漆黑下更添窒息感，心情難以達到人家說在郊外露營的輕鬆愉快。

吃了煮的雞翼和沒有烘的蒜蓉麵包後，三人吃了一些水果。對於自己能靈活地運用不同的煮食方法，又記得帶水果，他感到頗自豪，感覺是成功的第一天。

亮起露營照明燈，一盞小小的燈泡只能夠亮起幾呎範圍的地方，大概是妻子買了品質不好的便宜貨。放眼遠看，整個樹林都變得面目模糊，樹影重重疊疊，枝幹難分，一切都被黑暗吞沒，只有抬頭看到的樹與樹之間的天空剪影，能告訴人空間的邊界。

這種在夜裏遠離城市被大自然包圍的赤裸感覺，他從來沒有試過。

孩子竟從他們的小行李箱拉出一串聖誕用的太陽能掛燈，撇開節日作用來說，本來也非常合用，可是因為沒有預先在白天時吸光而沒能亮起，孩子一臉失望。還是睡覺去。

「爸爸，到底你有買《小鼴鼠妙妙奇遇記》的第二和第三輯嗎？」孩子根本沒有睡意。

「這個……我也不肯定。」地上的沙石令他背部發痛心情欠佳，帶來的膠墊子都讓給孩子用。

想不到妻子買的帳篷頂部可以掀開作觀星用。隔著蚊網看星空，也不賴吧。郊外的星特別多，特別亮。孩子仍未懂得星座，他自己也沒任何觀星的經驗，就指著天空的星，隨便說起故事來。

「你們看，那就是小鼴鼠妙妙找到的小綠星了。」

孩子沉默幾秒。

「你講大話，哪有綠色的星？」

明明用心良苦跟孩子說故事，卻被指責說謊，心中當然不是味兒。他當然知道不能指著月亮說是太陽，但那顆小小的掛在天邊的半明半滅的星，說是綠色為甚麼不可以？他沒想過編故事需要如此合情合理。

「你們沒看到我說的那顆吧？看清楚就會看到了。」

他不服氣，想起孩子的仙子書、魔法書、漫畫書，還有古老的童話故事，都是天馬行空飛天遁地時光倒流任君塑造的。而他只是把顏色轉了也不行，實在是不公平！

孩子又沉默了幾秒。

「小鼴鼠的星星沒有那麼小的。」

呵，原來除了顏色之外也要符合實際大小？而其實他也不是想照搬小鼴鼠的故事，也不是企圖續寫，只是以為可以利用這個做話題，跟孩子編一個睡前的故事——他從來沒有試過做的事；想不到也不是想像的那麼簡單。

在爭論與說說笑笑之間，孩子終於睡著了。他也半夢半醒的，眼睛合上了但卻一直聽到外面有聲。

忽然人聲雜沓，帳篷外有人亦遠亦近，腳步急速地跑來跑去。

快去看！

在那邊！

矇矓間他聽到那些話，便決定起來看個究竟。

孩子依舊睡得很香。他小心翼翼地跨過兩個小身體，把頭伸出去。漆黑的樹林間有很多把手電筒在搖晃，像是有大事發生。昨天教他如何打開帳篷的男人就站在他的營地不遠處。

「先生，你知道發生甚麼事嗎？」他疏忽地留下了兩個熟睡的孩子。

「那邊好像森林大火，快去看！」男人幾乎是挽著他的臂一起走的。他忽然想起妻子最後一次挽著他的臂的感覺已不復再。

男子拉著他左轉右轉，不知要跑到哪裏。一路上有人加入，有人跑到一半又打算不去了；他也不清楚同行的人是想去看清楚環境有多危急，還是想去幫忙，或只是去八卦一番，還是想把重要時刻用相機拍下。直到山路越來越窄，矮叢在身旁慢慢變成阻礙，更多人不願意繼續前行了，而他還未意識到自己的行動有多魯莽。

啪啪的聲響越來越清晰。這時男子的電筒沒電了，而他根本沒帶電筒。但也不需要電筒了，放眼看過去對面山，紅紅的火光亮起。範圍所示，大概剛開始燒不久。以距離來評估風險，對他們應該不會有即時影響，而且山之間有河流隔開，理應是個很好的防火屏障。

「最近山上閃電非常頻密，一晚可以打上幾百個。」男子比他高半個頭，說話時充滿自信的語氣。

「竟然這樣，我出發前也沒有留意天氣狀況。」

「山上的變化比市區的更大，預測也不一定準。」

說時遲那時快，一道閃光像是落在他們頭上，然後看到對面山又多了一處被火燃點的地方。

「為甚麼沒有雷響？」他好像個沒備課的小學生。說到打雷，才馬上想到孩子！天啊，怎可以把他們留下不理！

「我要走了！」轉身走了幾步，發覺根本不知自己身在何處，便回頭問男子：「你知道回去的路嗎？」

男子沒有了電筒照明，卻好像對路上一切非常清楚，在分岔路面前毫不猶豫就做了抉擇，而且走得相當快，像是整個營地的地圖都刻在他腦內。對於跟在後面幾次差點摔倒也幾乎跟不上的他來說，非常不可思議。

急忙之中他幻想孩子已經醒來，可能不見了爸爸而無助地哭？傻孩子不會走出營地去找我吧？

他萬分自責，也不能相信自己竟可以愚蠢到這個地步。

一堆「會不會」的問題像噴泉爆出，不可收拾。

快要到達營地時他心跳加速飛跑過去，想回過頭來向男子說一聲謝謝，男子卻消失了。

別怕，只有你自己，和紙

／來自另一時空的信／2

看看這一篇會不會好笑一點吧。

課程去到最後兩節，作家導師表示，有不少學員在做寫作練習的時候遇上難題，最大的障礙，是呆坐著不知可以寫甚麼。

「有學員說，腦中有很多想法，但不知該寫哪一個，又用甚麼方法去寫。請記著：不用怕，那裏只有你自己和紙，沒甚麼鬼怪或其他人的陰謀，不必擔心，盡情去寫便可。」

花費去參加寫作課，肯定都是對寫作有興趣的人，但有興趣不代表就能一開始就順利做到得心應手。我自己寫作的經驗，在年輕的時候的確會有不知道寫甚麼的日子，但後來回想，便知道那其實是日常經驗太淺，對人和事物感覺不足，為賦新詞強說愁，或太過依賴書本所教的寫作技巧，或一直以來被灌輸的價值所定型：和藹可親的爺爺（我的爺爺是否和藹可親我真的不知道），循循善誘的老師（每個老師都這樣世界太完美了吧），熱心助人的警察（不能否定有幫助人但心中是否熱誠則無從查證）；寫來寫去，寫不出自己心中真正的感覺，不足以令自己完成一篇滿意的作品，便推說是沒時間，或沒靈感。

後來我才明白到如果喜歡寫作，有想寫下來的東西，很應該要先搞清楚自己的想法，不能人云亦云，不懂裝懂，寫出來的，又是否能真正呈現心中想表達的意思。並且，要以寫作為日常，沒有時間只是藉口。人們想做的事情很多，如打機、旅行、買減價貨、追電視劇等，再忙也總能找到時間去做的。寫作也一樣。我便曾經在你們懂走路後不久，在你們把我東拉西扯，在我眼乾到眨眼有聲吃也無味的情況下，用約一年的時間慢慢寫出了一篇十多萬字的小說。但是那個小說到最後我也沒有完成，只一直擱置在電腦中，因為我不知道如何把結局寫完。

一個欠缺完美結局的故事，怎樣也不能交出來給人讀吧。那也是我當時參加寫作課的原因之一。我希望可以在和其他人（作家）的交流下，想到那個一直沒有出現的結局。（如果先寫結局，那便沒有無法寫出結局的問題了？）

要知道一個故事的開始多好看，中段情節多緊湊，橋段多有創意文字多吸引也好，如果最後落得一個爛結局，便會全軍覆沒。對於長篇小說更是非常重要了。我不想那結局過於悲劇而在意料之內，又不想像電視劇那樣來個大團圓讓讀者歡喜地離場，也不想打開一道沒去路的門不了了之地由讀者自行去猜度，更不想把一切推翻說啊其實只是南柯一夢，或用些後設手法，在最後由失蹤的主角在電腦前打出整篇小說的第一句，跟讀得非常投入、為角色而憂心的讀者開了一個玩笑，或打了一巴掌那樣。

曾經有一段時間，我有「怕了」的感覺。怕的就是寫不出結局的困惱，不想再看到它。看著花了幾年時間努力經營的小說無法收尾，就好像穿好婚紗裙化好妝頭紗都戴好了，卻沒找到鞋子的新娘子，如何見人？多少個晚上我就坐在那跟我差不多苦悶的電腦前，思前想後不得要領，搜索枯腸也想不出頭緒來。但那絕對不是我的腸的問題，你們看，腸不會空，空的是我的思想。

「只有自己和紙，別怕。」導師又強調了一遍。

或者，我欠了一幅地圖，一幅應在下筆前就在心中畫好的小說地圖。

是你們令我明白地圖的重要的。你們對地圖是那樣的著迷，也很喜歡自己創作地圖。家附近的地圖、到後山樹林尋寶的地圖、去學校附近的河流看三文魚的地圖，甚至超級市場的地圖、家中的地圖。自己繪畫的地圖能顯示甚麼不一樣的世界？你們每次去遊動物園、博物館或科學館都會拿著場館的地圖邊走邊看，那是為甚麼？是因為你們需要實在的方向記認？是因為「你在此處」能給你存在的感覺？你們真的看得懂嗎？還是都不是，只是覺得有一張紙在手上而覺得實在和好玩？你們想藉地圖到達甚麼地方？

不過你們要留意，地圖是會隨著時間而變動的。就像你們居住的山上這社區，由你們出生後搬來，不夠幾年間，山上的變化已非常大了。誰能想像整個山頭竟可以被夷為平地，變成一幢幢越來越貴的獨立屋？從網上地圖可以看到，新的街道一直在增加，當中也有新建成的小學，卻可笑地在幾年後已不敷應付人口的急增而需要擴建。所謂的城市計劃是那樣的欠缺計劃，後來又要在幾條街以外再建另一所學校。就好像你們喜愛玩的泥膠遊戲，隨便在這裏捏一座甚麼，不夠大便加另一磚泥膠，噢如果太多了便一手把它按扁再搓圓。明年再看，地圖又有不同面貌了。

有時候生活好像很實在，每天日子一天一天地算，上班，上學，得到一些東西作努力和勞力的交換。但一年一年過去，十年二十年，城市已面目全非，又會感到非常不真實，好像一切都是一場夢，不相信時間竟就那樣過去了，而發生的事就那樣發生了，並且永不可再逆轉。

有一種地圖你們要小心。我曾經看過一本名叫《地圖集》的書，作者以未來的視野去想像過去（即現在），利用地圖重組面貌，從旁加入虛構的故事及名稱，寫出很多篇「未來考古學的敘述」的故事。初看的時候，書中對時代的扭曲，地點的模糊化，沒有鮮明形象的人物敘述，我都感到一頭霧水。到底作者在重塑一個虛構城市的過去，還是在想像真實城市的未來？然後再改寫它的現在？那個被虛擬化的城市現在怎麼了？那被當作模型的真實城市現在又怎樣了？有沒有讀者，曾經拿著那本書去尋找書中的遺趣？有沒有科研人員能成功搭上「九廣鐵路」（在香港的）那據說可以將時光旅程循環不斷的交通工具？那是真的世界，還是假的？

那本書在一九九七年初次出版，在二〇一一年再版，可想而知文學界及讀者對它喜愛的程度。

作者在再版的版本上更加了後記〈真誠的遊戲〉說明寫作意圖，表示書寫當時，是最認真的情感投放、最真誠的對自己的城市的想像。可是真誠的虛構，與虛偽地仿真，兩者的差別在哪？胡亂堆砌，任意解讀，跟嚴肅遊戲，人間有情，界線在哪？作者寫作的意圖是否精誠所至，是否純粹為了好玩，而作者的寫作動機，讀者又是否需要理會？讀者是否在對作者作人格審查？作者的真實人生，真心與否，又跟故事有甚麼關係？

我那未能完成的小說，或者，是因為我不夠真誠，對玩遊戲這種事不夠認真，才令小說總是失敗而終。

以「只有自己和紙」、「沒甚麼好怕」來籠統寫作的難題，未免太簡化。這無疑是跟一個怕鬼的人說，「別怕，只有自己和黑影」；跟一個怕乘飛機的人說，「別怕，只有自己和高空」；跟一個怕水的說，「別怕，只有自己和水」一樣無所作為。其實單單是「自己」，已能成為巨大的令自己感到非常沮喪的東西吧；對自己的生活感到不滿意，對自己的際遇感到不幸，對自己日漸年老的身體感到越來越失望。電影和現實中，也有很多因為「自己」而出現的悲劇，過於自大，過於自卑，期望過高，壓力過大。「自己」是那樣的恐怖，更別說再加上一張紙，用來寫下那樣的「自己」。

但是難以避開的是，創作往往是由自己開始，因為自身的經驗最易信手拈來，在材料方面來看是最就地取材的便宜貨，描寫的場景也可以照搬便可。不過你們要小心，別把自己寫得太透徹，你們會逐漸成長，不同階段的你們自然會有不同的想法，要是把自己的真實寫得太具體，他日想法改變了，怕有不堪回首的情況。我的建議是，把自己的想法拆開，再滲透入故事的各種人物之中，那樣便較容易抽離和處理。萬一你們以後後悔了，不對號入座便是。

作家導師最後一張放映出來的圖只有兩句：「只要面對內心的秘密及黑暗，便會感到力量。」

真正需要正視並解決的，是自己心底的秘密嗎？那只要把想法一寫出便懼怕被人看穿內心世界的恐懼，那種未能好好面向自己，對自己坦誠而把事實公諸於世的無力感，是那樣簡單去掀開嗎？

然後草草完場，電腦熒幕打出「會議已終結」的訊息。然後收到作家導師發的電郵，說各位如仍未下筆的請盡快開始，下一堂是最後機會。

當時未有下筆的人包括了我。或說得更清楚一些，不是未下筆，而是未寫結局，而我根本也不打算將那十幾萬字的小說傳給誰看，又或者我猜想，根本不會有人願意花時間去看一個不知是誰寫的十幾萬字？

別怕，只有自己和結局！自己最大的敵人，真的是自己嗎？「敵人」的定義是甚麼，也值得想一想。

你們也必會遇上「只有自己和X」而不知如何是好的時候，想像的奇遇也有不想寫出來的時候。我可以給的意見是：別做自己討厭的事。如果寫作令你感到煩厭，那就忘記它吧。暫時忘記，放它一旁，有一天，隨著成長的生活經驗，總會遇上與故事相接的軌道的。

那將會是一條通往另一個世界的通道。但是 writers can change the world 是自大而虛妄的說法。萬事萬物都能以不同方法去改變世界，向好的壞的方向。

唔，這篇也好像沒有甚麼好笑的地方吧。

蜂鳥救火

帳篷內孩子仍然睡得香甜，卻被他弄醒了。

「爸爸，我想上廁所。」

他如釋重負，鬆一口氣。

「爸爸你剛出去嗎？為甚麼穿著鞋子？」

本來想把山火的事告訴他們，但擔心他們會害怕，還是算了。於是撒了個謊，說自己剛去廁所。

四周依然時而傳來擾攘人聲，好像大家都沒有睡覺，或不敢睡覺。

睡不著，又沒有互聯網打發時間。他看了看手錶，才一時多，距離天亮還有很長的時間。

然後，女兒說了一個在最後一個上課天聽老師說的故事。出乎意料之外，竟是關於森林大火的故事。

森林發生大火，所有動物都無助地爭相逃難，當中細小的蜂鳥說：「我必須要做點事才行！」然後蜂鳥飛到最近的一條小溪，以牠比吸管還要小的嘴去叼了一點水，飛快去到森林的火災現場，來來回回的，靠運送那一點一滴的水，企圖能把火撲滅。其他體型較大能力相對更理想的動物如大象、塘鵝卻只顧逃走，還勸阻蜂鳥說：「算了

吧，你雙腿連走路都不可以，你所做的一切只會徒勞無功。」

可是蜂鳥沒有被說服，牠說：「就算最後是徒勞無功，我也想以我微小的力量去盡一分力。」

「結果呢？」弟弟和他同聲的問。

「結果？這就是一個救火的故事囉。」女兒攤開了雙手，表示故事已完。

「不，我想知道蜂鳥的結果，譬如說，牠有沒有不停飛行而累死，或其他動物被蜂鳥的行為感動了，於是大家一起去救火，又或者天神恩賜了一場雨？還是最後真的憑牠單獨的力量成功救火？」他想不到自己會這樣追問，大概是剛才看到山火心情還未平復所致。

「結果，老師叫我們每人寫一篇，關於這個故事的發展。」女兒躺下來，腳朝向天，作踩單車狀。弟弟馬上有樣學樣，兩人在踩著空中單車。

「我不是想知道故事完了後老師叫你們做甚麼，我是想知道蜂鳥故事的結果啊。」他窮追不捨，但似乎說故事的人已告離場，投入到別的事情去了。

「爸爸，到底你找到《小鼴鼠》的第二和第三輯沒有？」兩個單車手把頭轉向他。

「這個……我不是已經答了嗎？」他不禁懷疑到底是孩子重複地問，還是他沒有答卻以為答了而感覺已回應了很多次，或是孩子真的問了很多次，而他又真的已答了很多次？他覺得來到營地之後，時間像是失去了意義，像是在兜圈，不停回到過去。這是因為沒有了互聯網，與外界不能接觸的關係嗎？但好歹他仍有手錶，可是手錶上顯示的時間，那時分秒長短的感覺，跟平日是那麼的不一樣。

「第二輯有一本名叫《小鼴鼠妙妙和雨傘》的。」弟弟記性也不錯。

「那你先開始說吧，你那麼喜歡你的青蛙雨傘。」姐姐很明白弟弟的心意。

「你一說青蛙雨傘，我馬上便想念它了。」弟弟對於青蛙的確情有獨鍾，或是說，所有綠色的動物他都特別喜愛。

「可是現在沒下雨，你為甚麼會想念雨傘啊？」他並不理解兒子的思路。

「想念就是想念，沒下雨也可以想念啊！」弟弟也說得很有道理。

「而且雨傘不一定下雨才用的。」姐弟倆雖然經常鬥嘴，可是當三個人談話的時候，女兒總是站在弟弟那一邊。是因為她很愛弟弟而偏袒他，還是因為他們都是孩子而有近似的觀感？他感到被排擠到外。

雨傘當然可以擋雨和遮太陽，但也可以用作行山枴杖，又可以當作防衛的武器，明星會用傘去遮遮掩掩，而傘也會被用作舞蹈的道具，或場地的裝飾，甚至恐怖片的重要物件。

他想著想著，開始覺得「沒下雨便不該想起雨傘」是多麼幼稚的想法。

「你們猜小鼴鼠和雨傘會有甚麼故事？」他從來沒有想到有一天的半夜兩點鐘，他們會在帳篷內說故事。

「猜有甚麼用？你都找不到書。」弟弟雙手托著臉，看似是更想念青蛙雨傘了。

「萬一將來找到，可以來作個比較啊。」他拉了拉兒子的手，不許他再苦著臉。

「也對！老師跟我們讀故事也常常在轉到下一頁前叫我們猜猜故事的發展的！」

「有一天，小鼴鼠……。」他自作聰明地打開了序幕。

「為甚麼不可以有一晚，或者，兩小時後、五分鐘前，而常常要是有一天呢？」

還未能完成第一句就被孩子打擊，他真是始料不及。

「好吧，有一晚……」的確，為甚麼總是要由「有一天」開始呢。

有一晚，小鼴鼠跟平常一樣爬出洞外，發現了一把青蛙雨傘。這把雨傘上掛有一個名牌，陽陽。

「甚麼？我的青蛙雨傘？為甚麼我的雨傘會在小鼴鼠的故事之中？」弟弟的名字正是陽陽。

雨傘樣子很簇新，小鼴鼠把它打開了，對於兩個不知如何讀的字感到有趣。傘頂還豎起了兩隻青蛙大眼睛，好不醒目。小鼴鼠的好朋友小青蛙看到了，感覺很不可思議，難道傘子就是牠的媽媽？自出生後，小青蛙就沒有見過媽媽。牠一直很想見到媽媽。

小鼴鼠不太清楚雨傘的功能，但對於那就是小青蛙的媽媽感到半信半疑，便說：如果它是你的媽媽，它一定能游水吧？於是牠們把傘收好，掉進河裏去，卻眼巴巴看著傘一直沉到河底。小青蛙禁不住哭了，馬上跳進水裏把傘撈起。幸好傘子除了濕透了之外，一切完好無缺。

弟弟鬆一口氣，問：「然後呢？」

然後小鼴鼠把傘子打開，傘頂朝天的，再放進河裏去。這樣一放，傘子馬上就被河水弄翻側了，更在不遠處慢慢往下沉。小青蛙見狀大驚，又馬上撲進水去營救。

「好了，不要再試了。我不想再失去它了。」小青蛙向小鼴鼠說。

「不會的，如果它真的是你的媽媽，你無論如何也不會失去它的。」小青蛙不知如何應對。在小鼴鼠游說下，同意作最後一次實驗。

這次，牠們打開傘，傘頂朝下。傘就像船兒那樣，在水上輕快地漂浮。小青蛙大喜，馬上拉著小鼴鼠跳到傘上。坐在傘中，小青蛙感到就好像坐在媽媽的懷中，在旋在轉。

「小鼴鼠，謝謝你！我終於找到我的媽媽了。」小青蛙呱呱呱地叫，呼喚四周的青蛙兄弟姐妹來看看牠們的媽媽。一群青蛙趕至，一隻跟一隻的，很快在傘子內外聚成了蛙群。傘上太擠了便游在傘旁，河道變窄了便跳上泥岸一直跟著傘走，大家都十分開心，能夠在這一刻見證到媽媽的誕生。

「不，怎麼說是誕生呢？又不是剛出世。」女兒抗議說。

他腦中閃過的，原本是「見證媽媽復活」，但幸好能夠及時控制住沒有說出口，但改說成「誕生」又好像真的不太順。

「幸好青蛙可以游水又可以在陸地跳，不然他們就追不上了。」弟弟把話題拉回來。最後，傘和青蛙一直去到堤壩，有人在捉魚，也捉青蛙。一眾青蛙撲通撲通地跳進水裏，各自尋找退路。

小鼴鼠和小青蛙不想那樣放棄，打算想辦法避過人們的追捕。可是看人們拿著的捕魚工具那麼先進，撈魚的網又大又堅固，樣子凶神惡煞胸有成竹的，牠倆真的能突圍而出嗎？而且越過堤壩便是大海了，大海除了有大浪，還有鯨魚、鯊魚及各種大型的船，還聽說，海水比河水要污濁得多，牠們真的能應付嗎？真的可以抱著義無反顧的心便能成功嗎？而牠們的目的地又在哪裏？

小青蛙想了想向小鼴鼠說：「其實你為甚麼要跟我來到這裏？為甚麼要跟著傘一直走？為甚麼我會覺得雨傘是我的媽媽？……我和你甚麼時候變成好朋友的？」

一番奇怪的問題，令小鼴鼠莫名其妙，他懷疑小青蛙是否太感動，或旅程太刺激了，忽然語無倫次起來。

「為甚麼會這樣啊？」弟弟投訴說。

「我也不知道啊。」他表示無可奉告。

「快點說下去啊！」二人搖著他的手。

「故事完了呀！你們剛才說老師的故事不是也沒有結局的嗎？連然後都沒有呢！」他也不是故意以其人之道還治其人之身的，而是他自己也想不到故事該如何繼續發展下去。

「不行！快點繼續說！」但他的把戲不知怎的在孩子面前卻是行不通。

這時外面人聲鬧哄哄的，他們馬上出去看個究竟。

開始微藍的天空灑下了一點點的灰，像雨，像灰色的雪，像末日的背景效果。

三人都伸出了手，感受灰燼掉在掌心的重量；沒有重量，但此情此景，令人非常沉重。

他從車上拿出妻子放在儲物格的後備伸縮雨傘。但傘的一角，傘布脫離了傘骨，變成奇怪的形狀。

他撐著傘，遮蓋著孩子。

雨傘，原來還可以遮擋天空散下來的大自然的殘骸。

第二(日)

Day 2

/ Daytime

小島

Island

/ 32°C

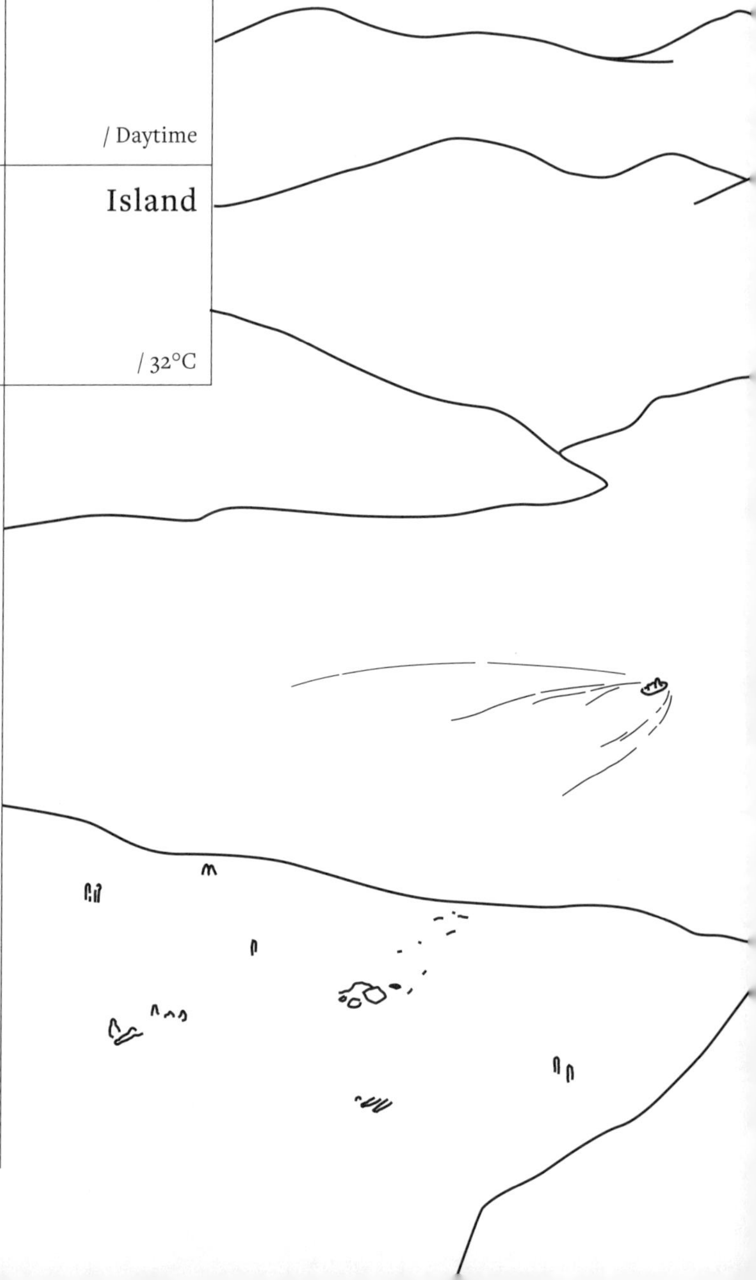

Golden Ears /1716 meters

三人回到帳篷內再矇矇矓矓睡了一會，起來的時候看到有些人已執拾好，旅行車、吉普車一隊隊人陸續地離開。過了不久，又有一批人到來，充滿期待地卸下行裝慢慢搭建一個臨時的「家」，像昨天的他們。

天空沒有再掉下火山的灰燼，可能是風勢改變了，還是已熄滅了？只留下桌子和椅子上薄薄的一層。

聽到新來到的人走過說，過去兩天天氣酷熱，竟有五百人在家死去。幸好今晚氣溫會稍降。

沒有互聯網，他無法查證是不是聽錯了，是五十還是五百？五百人熱死，是非常誇張的數字。

營地連電話訊號也沒有，與外界斷絕幾天，好像從來沒試過，也不習慣；細心地想，卻也是一種難得的斷線，至少他無法追看疫情的發展，能把確診數字拋諸腦後，原來也很暢快。

他弄了簡單的煎蛋和香腸，卻被孩子投訴為甚麼是荷包蛋而不是兩面熟透的。「媽媽說不可以吃生蛋黃呢。香腸也太燶了，媽媽說不可以吃焦黑的東西，很無益的！」

他嗯嗯的對應著，已把自己的份量吃光。孩子看著這個不聽話的爸爸，擺出一副大惑不解的樣子，然後依照媽媽的做法，將蛋白和生的蛋黃分開，只吃蛋白部份，也把香腸有焦黑的部份咬掉。

他看著孩子，像看表演那樣，心中嘖嘖稱奇。他覺得孩子真乖巧。平時在家一直也這樣乖巧嗎？怎麼他都沒留意？

吃完早餐後，每人喝了一包有機朱古力奶。昨晚拉著他去看山火的男子突然在他身後出現，手拿著最新興的直立浮板，一身潛水衣的打扮，也不忘拿著電子煙。

「早晨，你們今天會去玩水嗎？」男子開門見山。他懷疑對方是不是想相約一起去。

「啊，我們……今天……」其實他仍未想到今天會有甚麼活動，不過天氣炎熱，水上活動絕對是很好的選擇，便說：「是的，我們會出去沙灘。」

「那我先去了，你們知道怎去沙灘嗎？」

他支支吾吾的。

「看來你們事前準備功夫很不足夠。出門當然要先看地理環境啊。」男子說話單刀直入，刺中了他的要害。

男子蹲在地上，以樹枝刮著沙石以示沙灘的位置，像古代打仗，左劃右劃的。他在旁邊猛點頭，也不知是否真的明白。

孩子聽到要去海灘，馬上跑進帳篷翻出泳裝，各種挖沙的工具和大小桶子、水泡、救生衣和充氣機。

充氣機用來幹嗎？

「你把充氣船都帶來了，當然要充氣機啊。」孩子指著灰色的長方大袋。

他也不知道自己把充氣船帶來了。想不到那袋東西竟可以變出一條船，他還以為是大型浮床之類。

「但我們沒有船槳！」其實像個無知的孩子的人是他。

「都收摺在袋子內了。你不知道嗎？」孩子拿出四支棍狀的東西，扭來扭去，變出了兩支船槳。

「你們為甚麼會懂得怎樣弄？」他依稀記得這條船是幾年前妻子在聖誕節翌日大減價買回來的，但他們一家卻從沒有出過海。

「我們在家划船呀！我坐在前面，媽媽在中間，弟弟在後面。」原來那條船曾經在客廳中間，充當了半天的玩具。

「划去哪裏？」

「想划去哪裏都可以。」

忽然男子又折返。

「那我先去了。」然後又走了。

這個男子真是奇奇怪怪的，而且他是一個人來露營？昨天今天都不見他有同伴。

孩子著他快點換衣服，不然沙灘會被人玩完了。

「傻瓜，沙灘怎會玩得完？」

「很難說呢！爸爸，快點！」

那個由沙石畫出來的地圖早就被孩子一腳踢散了。

營地的路線圖都過於簡單，去沙灘的路竟然欠缺明確指示牌，令人費解。

走著走著以為已經走錯了，問問路人，卻說沒有錯。往下坡走就是了。可是山路慢慢變得不清晰，四周張望也看不到水。樹影在頭頂擺動。今天有點風，的確比早幾天涼快。

樹林間有被動物抓過的樹幹，是誰幹的好事？

「爸爸！下面有人，應該是沙灘吧？」

孩子一溜煙跑去，他拉著大包小包玩具毛巾太陽傘還有各種吃的喝的，想追也追不到。他實在不知道這玩水之旅會歷時多久，以防萬一，食物和水還是在出發後走了不久又折返去拿的，感覺是帶著行李遷徙到另一地方。

孩子在矮叢後一閃，不見了。

他蹣跚地跟上，幾條露出的樹根差點將他絆倒，行裝幾乎要四散在地上。他整頓一下行裝，忽然沙灘就出現在眼前。

這不是聖地牙哥的幼白沙灘，面積也不算十分大，但大概容納幾百人也不算擠迫，而現在沙灘上也沒有幾百人。

孩子已換好涼鞋，穿好救生衣，在淺水處挖沙。他們知道沒有得到准許，並不可以下水。

「爸爸，這裏的沙，像不像小鼴鼠乘坐太空船後跌落在一個島上看到的沙？」

「一點都不像。」弟弟說。

「為甚麼不？」

弟弟沒有解釋，只管拼命地用鏟子往沙裏挖，像安裝了機械手一樣，似是要挖出一個無底深洞。

他百無聊賴沒事可做，不愛游泳更不想挖沙，便把充氣船拿出來，看著說明書慢慢研究。

這是一隻有兩個前後座位的艇，身材瘦削的人應感到頗寬敞，可承載重量四百磅之多，對他們三人來說是綽綽有餘了。

電子氣泵在沙灘上發出不太受歡迎的聲響，引來附近躺著享受日光浴的人的目光。

這也是沒辦法的事吧。他心想。難道船用口吹？

待船成功充氣後，把座位安置好，他坐到上面試試看。前面那個空著的位置引發出無比的悲哀。他馬上跳下船，不敢獨坐。

孩子看到船已弄好，馬上跑來跳到船上去玩。

「不是在沙灘玩的！我們應該把船推下水去。」

其實在沙灘上玩他覺得也不錯的，不用那麼麻煩。可是誰又會只把船放在沙灘上玩？

「為甚麼不可以只在沙灘上玩啊？你們之前不也在家裏玩過？」他故意刁難孩子說。

孩子把眼球滾向上。哈，不知哪裏學來的表情。

也懶得回應爸爸的問題了，兩姐弟企圖合力把船拉向水邊，但船身充氣後頗重，只拉了幾呎便拉不動了。

「要是下水的話，我們的物品便沒人看管了。」他沒有忘記他努力運來的行李。

孩子想了想，在防曬篷內放一張椅子，地上散放了幾條堆成一團的毛巾，拿出飲料，最後打開一包薯片放在旁邊。

「這樣人家會以為一直有人在，便不敢來搞我們的東西吧！」

他看了看，又環看四周的泳客，估計都是從營地來的人，而且都是一家大小的，感覺不會碰上賊人來山上營地的沙灘偷竊這樣的事。

「好吧，我們就撐出去不遠的地方，沒問題的。」

三人分別站在前中後位置，合力把船拉進湖裏。

山上沒有海，但這卻是一個十分大的湖，面積足以令人誤以為置身於海邊，也因為有人在玩水上快艇，而且風勢增加了，湖水真的就像海浪那樣一陣一陣的湧過來，跟波平如鏡相去甚遠。

上船的時候他們有點站立不穩，弟弟還跌倒在水中，幸好水不深又有救生衣。最後三人上船後，座位已全告濕透。

三人高舉著兩支船槳，高呼一聲：出發了！卻因為孩子與他划槳的動作不一致而原地踏步。岸上的人看在眼裏一定覺得十分可笑吧。

「爸爸，你錯了，後面的人，應該跟著前面的人划啊！」弟弟坐在姐姐的大腿前面，船槳橫在弟弟的胸前，四隻手臂長短不同左右不協調的，卻怪責後面的爸爸。

他看著前面兩個小人兒一面努力地划又吃力不討好又一面吵架，不知該不該笑。

「你們別吵了，萬一把船槳丟了，我們便無法回到沙灘去了。」

此話一出，兩姐弟馬上閉嘴，回頭看看沙灘，原來已離開了淺水的泳客。

浪在興風作浪，趁著幾隻快艇穿過，又再猛湧。船身一晃一晃的，也有點驚濤駭浪的感覺。而快艇不斷來來回回，好像有意挑釁似的。孩子很快便放棄了，不知是划累了還是吵架吵累了，剩他一人獨力支撐。天上飛過一隻很大的鷹，展著翅在滑翔。

他心想：像車入了空檔，在無人公路上慢滑。

孩子心想：那是不是我們寫的故事裏的「飛皮」？

「爸爸，快去追飛皮！」孩子發了狂地在亂划，把水都撥到他臉上。

他被嚇一跳，追甚麼？誰是飛皮？想喊停又忙著用手擋水，想拉衣領上來但又被救生衣阻隔。一輪擾攘，待他抹走臉上頭上的水後，一座小島就在不遠處，回望沙灘，已變得非常遙遠了。

大鷹越飛越高，一點都不大了，最後像一粒黑點的在天空上消失。

孩子也沒有再划，他們的座位和衣服都全部濕透了。三人坐在艇上一言不發。

島岸的水十分平靜，綠與藍在湖底交錯，卻看不見底。

他忽然想起傳說中的湖怪。搖搖頭，快趕走任何奇怪的想法。

只是他不知道，更多更奇怪的事情將會排山倒海而來。

人（自以為）是唯一可以說故事的生物／來自另一時空的信／3

課程去到第五節課了。我期望能從中所學得的，越來越少。

作家導師打開了一個 PowerPoint。

不知為甚麼，我生平最怕看 PowerPoint，以往讀書的時代，只要老師一關燈，白板一亮起，我便會馬上萌生睡意，有時真的很快可以入睡。我並不是一個很乖的學生，這個不瞞你們說。而且現在的是網課，不用看著講者說話，在關閉視像及咪高峰，一個人對著電腦熒幕的隔絕感覺下，還拉來 PowerPoint 作解說，實在叫人發悶。

那節課作家導師想強調的，是「人類是唯一一種能說故事的生物，是一種能以各種語言及技巧，不同方式及習慣，還可以透過翻譯把故事傳到世界不同地方的特別生物」。如此特別的天賦，我們應該好好利用，不要浪費掉。

作家還說：「人能夠寫出貼近真實的、令人非常投入的，但又明知道是假的故事。大幅度脫離現實、天馬行空也好，只要假得夠真，讓人覺得夠好看，便成功了。」然後舉了一連串的例子，如鬼故事、愛情小說、科幻等等。

其實不必舉例子，也知道人們一直享受活在「假」的世界之中，萬聖節去鬼屋探險，難道那是真鬼嗎？卻又真的會令人嚇破膽。聖誕節聖誕老人派禮物，誰不知道禮物都是父母買的？到迪士尼感受童話世界，公主小矮人都是員工啊。可是人們都願意相信由那種人工創造出來的假世界、假氣氛，只要假得夠真夠好看，便能令人暫時投入，願意信服。當然，夠不夠好看跟背後的商業因素是掛勾的。可是，人真的是唯一會說故事的生物嗎？

的確，人類自古以來留下了很多故事，讓後人除了有豐富的文本外，還可以得知歷史的進程，記錄不同時代文化及社會狀況的變化，自然是難能可貴。只是又有誰知道動物會不會說故事？動物說的故事，可以並不是以人類的方式，如文字或畫像去存在的。以鯨魚為例，我們已知道牠們能在海底唱歌，能跟百里外的同伴溝通，那麼也不能排除牠們可以千里說故事！就像現在互聯網的無遠弗屆，一秒鐘傳訊息影像，對二、三十年前的人來說是不可思議的事，誰又知道鯨魚世界有沒有牠們的互聯網？對未來世界有期待的人，對大自然奧秘感興趣的人，對宇宙抱開放態度的人，都一定會接受「永不說永不」的想法。

如果你們一直努力學中文，早晚會碰上一個名叫莊子的人，我們那年代學中文，也一定曾讀過。莊子跟朋友有過一番有趣的對話，簡單說說給你們聽。莊子跟友人說，你看魚兒在水中多快樂啊！然而友人說，你不是魚，怎知道魚兒的快樂？莊子答，你又不是我，怎知道我不知道魚兒的快樂？友人又反駁，我不是你，不知道你心中所想，但你不是魚，你也不會知道魚兒所想。

聽來有點像你們鬥氣時的傻話吧，總是要爭著說最後一句那樣，當然那背後有一堆理論，你們暫時不明白也不要緊，我想說的是，我們並不是其他生物，如人類最親近的寵物：貓、狗，牠們肯定心中都有自己的想法，對主人也有深厚的情感關係，但我們並不能代入其中，去體會牠們的思想，感覺並形容牠們的感覺，那麼，我們又怎能隨便排除動物不能擁有說故事的能力呢？如何絕對肯定昆蟲和植物不會說故事？蜜蜂一天到晚成幫聚集在一起嗡嗡嗡的，不像是在說八卦嗎？甚至乎你以為是葉上的露水，泥地上的坑洞，以為是樹紋，石的花斑，其實可能就是其他生物寫下的故事，是動物們留下的記事的痕跡。只是人類看不懂，正如動植物看不懂人類的書。再者，誰又知道動植物看不懂？人類真的是最高智慧的生物嗎？

當時作家導師繼續在炫耀他的PowerPoint，我越聽越感到不妥，無聊地望向窗外，那是春天的第一天，有人在街上拾起一片片被風吹落的花瓣。

新鮮剛落的花，看起來生命仍未盡。淡粉紅的櫻花，與白色的和深粉紅的，陪著風一起隨意被揚起。這一陣風到你，下一陣風到我，大家方向都一樣，不同的是，有些散落在人們的頭上變成漂亮或可笑的點綴，有些落在河上隨即開展遠行，有些落在馬路上即時被輾斃，那絕對不是電影刻意安排的情節或電腦效果，每年四月也如是。殊途同歸。

殊途同歸的，不單是植物、動物，人也如是。我們在時間線上，在不同的路上，以不同的方式走不同的方向，但最終我們的結果只有一個，同一樣的，無差別的歸途。但你們可能會說，「結果」不是暫時性的嗎？為甚麼大家都有一個相同的「終結」？「結果」和「終結」是一樣的嗎？或者你們可以從另一角度看，譬如說，一棵植物結出果實而留下了種子，然後凋謝了，但假以時日，它便會以另一形式出現。種瓜得瓜，種番茄得番茄。至於動物及人類，以三文魚為最佳的例子，牠們終會以循環不息的生態再現。這是宇宙萬物的來去定律，至少暫時是定律。沒有人可以永遠留在這物理世界的。

自古以來多少人嘗試尋找長生不老之藥，嫦娥奔月這民間傳說，在華人世界無人不知，你們都不會陌生。你們之前讀到的版本，是在中文學校一本教科書內的，說數千年前有一位聰慧漂亮的姑娘，她的丈夫后羿是一位勇士，曾射下九個太陽拯救萬民，又殺惡獸除害，於是天上王母娘娘贈送一顆長生不老藥，並說明兩人共吃便會長生不老，一人獨吃，便會升上天去。不知情的嫦娥因為好奇，全顆吃了而飛到月亮，從此成了嫦娥仙子。文中最後一段點出全文重點：反映了中國人長久以來飛上月球的夢想。

先不說這個重點如何，首先必須說明的是，關於長生不老的迷思，民間傳說也不止有一個版本。

根據文獻記載，嫦娥的故事早在《文心雕龍．諸子》篇中記商代巫書《歸藏》曾有記錄過，其後又分別在南朝梁國的《文選》、西漢初期的《淮南子》出現。如果你們都不明白甚麼是商代和西漢也不要緊，總之，之後又有詳加情節的版本，其中一個為人廣傳的，是后羿這勇士得到大家的敬重，很多人跟他學武，其中一個立心不良的名叫逢蒙的人，得知后羿的妻子嫦娥有長生不老藥便想據為己有。八月十五那天趁后羿不在家，逢蒙威迫嫦娥把藥交出，情急之下，嫦娥把藥吞下，結果飛到月亮去。后羿不見了妻子，十分想念她，於是每年的八月十五，都在院子擺放妻子最愛吃的水果和食物，遙遙祝福她，也就成為了後人寄寓一家人能團圓共聚的時刻。

那樣的故事聽來好像合情合理，然而又有唐朝詩人李商隱〈嫦娥〉中記：嫦娥應悔偷靈藥，碧海青天夜夜心。而互聯網上也有其他不同的版本，如把后羿說成暴君想長生不老，於是妻子嫦娥偷吃了他的仙藥的「拯救黎民版」，更有一個「后羿不忠版」，這個你們可以不理。

然後，又有拍攝成適合兒童收看的卡通、網上短片，也有真人演繹的電視劇、電影等等，都對嫦娥奔月的故事有不同程度的詮釋及改編。人們將故事翻來覆去反覆的再創造，所謂的二次創作也不是現在才流行，但問題是，在二次創作的過程中，想達到的目的是甚麼？純粹一笑？又或是只因題材欠奉？

嫦娥到底是一個自以為是、咎由自取的貪婪的人，還是無私偉大的犧牲者？又或者都不是，她只是因為好奇，因為饞嘴，因為無聊，還是根本沒因為甚麼，根本不知道吃了甚麼東西而得到那樣的結果？人們該以她為戒，還是以她為傲？

古代民間傳說的出現，乃是因為人們對大自然神秘的不了解，於是企圖用各種故事去解釋自然現象。觸摸不到的時而明亮時而朦朧時圓時彎像是會跟著人走的月亮，你也會覺得很奇妙吧？可是現代人已能用科學去說明一切皆因為地球和月球的自轉及公轉，沒有神秘可言了，而人類在登陸月球後，已證實月亮上並沒有嫦娥，也沒有玉兔，那麼民間傳說還有甚麼重要的意義？人們為甚麼還要繼續說嫦娥的故事？說故事的意義何在？而且是每年的、世世代代的說下去，是因為現在的人仍在醉心尋找長生不老的神藥嗎？如果人可以長生不老，又或者獲得永生，又或以另一方式，在肉身不能使用後以其他方式繼續存在，會是怎樣？你們現在的時代，那些科幻的靈魂下載論仍是小說和電影的材料，還是真的在實驗中？有沒有更接近這方向走？

如果我能夠下載，我真的想不到應該下載我的哪一部份給你們看。而要下載，即必先要上載，那是由我出生那天開始全部都上載嗎？那是我自己也未知的一部份呢！而如果真的可以，我又會不會決定那樣做？你們要看到的，是腦海中保留起的媽媽，還是憑電腦再現的媽媽？又或者，不記得媽媽會比較好？

不管如何，中秋節是很應該點點燈，賞賞月的；雖然月亮上面沒有嫦娥，雖然你們都不喜歡吃月餅。

河狸工程師

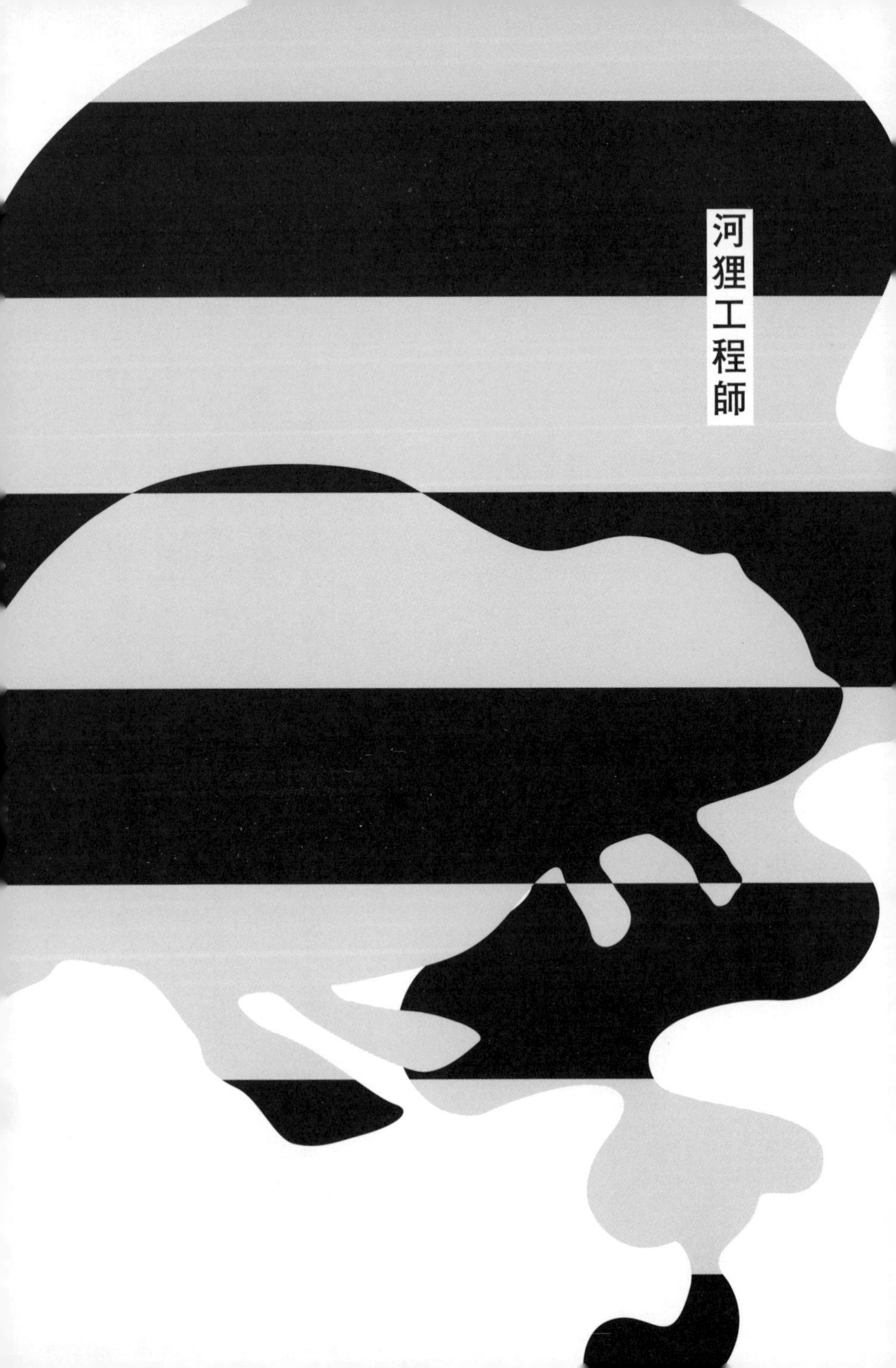

天空開始聚了一層又一層的雲，像魚鱗，像連在一起的棉花糖，像羊身上的鬈毛。女兒說，雲有不同種類，有專有的名稱，老師有教，但她忘記了那些種類的叫法。

「證明你沒留心上課啊！」話未說完，女兒臉色蒼白，忽然嘔吐起來，身上船上都是嘔吐物，好不狼狽。

「可能是暈船浪了。」也有可能是他處理食物不好？

他建議登上小島清理一下船的污物，也順便休息一下，而弟弟也需要小解。

說是小島，其實很大，大得見不到島的周界。島上與一般樹林沒兩樣，盡是樹，叢林，花草。

孩子對「登上不知名的無人島」很感興趣，而他卻擠不出半點好奇心，天知道有沒有甚麼猛獸藏在樹林內，也多得電影常用劇情所賜，通常登上無人島的人都會遇上不可思議的事情……還是留在島的岸邊感覺比較保險。他心中盤算著，不敢把這些想法向孩子說。

他索性把船反轉，企圖把污物倒出來，但不夠徹底，於是用雙手把水撥進去，反反覆覆的，感覺還是不太清潔，嘔吐的氣味依然凝在空氣中。最後發現其實是他的褲子被弄污了，所以無論如何把船弄乾淨也於事無補。

算了吧，反正回到營地可以洗澡，回到家中才徹底清理船吧。

回頭一看，他看到孩子已跑進樹林內。他大聲叫喊，孩子也沒理會，還是聽不到？他心生恐懼，丟下船和槳去追，孩子看到爸爸追來，也就大著膽子越走越遠。

「爸爸，你快來吧！這裏很美。」

「不，你們快回來！不要再去了！」

矮叢阻擋了他的視線，有幾秒他失去孩子的蹤影，瞬間孩子又出現，又失去蹤影。那一刻，所有恐怖電影的情節全都湧上來，忽然有變種猛獸撲出，忽然踩進變態殺手佈下的網陣，忽然看到樹上有吊著的骷髏骨，忽然有史前動物出來一腳把他們踩死。種種各樣胡思亂想，想得他頭皮發麻，腋下冒汗，血壓飆升，雙腿開始發軟，卻仍是追不到孩子。

「妙妙！陽陽！你們在哪裏！」他像失去理智的主角，快要失去僅餘的心愛的家人，令他臨近發狂的邊緣。

「爸爸，你不要那麼吵好嗎？」兩姐弟就在他後面不遠處蹲著，一面把手指放在嘴前示意，一面揚手叫他過去。

「你們在搞甚麼？」他如釋重負，但也真的把聲線壓低，跟著孩子蹲下來。

「你看。」孩子指著某處說。

他甚麼都看不到，心中的恐懼感又冒升。孩子看到甚麼？

「你們剛才為甚麼亂走，我差點不見了你們。」

「沒有亂走呀，我回頭一直都看到你在後面，你不是一直在跟著我們嗎？」女兒一臉冤枉。

「別吵了。」弟弟再把聲量壓低一點。

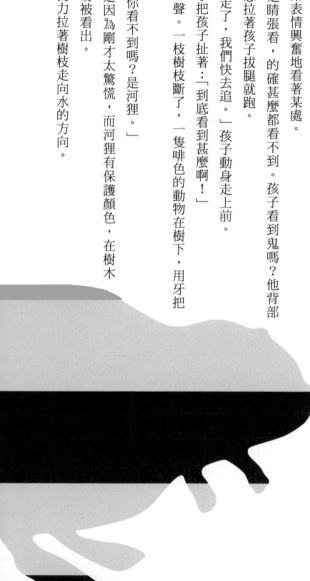

兩姐弟表情興奮地看著某處。

他再定睛張看，的確甚麼都看不到。孩子看到鬼嗎？他背部發涼，很想拉著孩子拔腿就跑。

「走了走了，我們快去追。」孩子動身走上前。

他一手把孩子扯著：「到底看到甚麼啊！」

劈啪一聲。一枝樹枝斷了，一隻啡色的動物在樹下，用牙把樹枝拉動。

「爸爸你看不到嗎？是河狸。」

大概是因為剛才太驚慌，而河狸有保護顏色，在樹木之間不容易被看出。

河狸獨力拉著樹枝走向水的方向。

孩子不放過機會，馬上跟著走。就在湖邊一凹入處，有一大堆明顯由樹枝刻意搭成的建築，像堤壩一樣，也像城堡的圍牆，十分有趣。

「這像不像有人想在這裏生火，而把樹枝堆放？」

「不可以的！這不是生火用的！這是河狸辛苦建造的家，老師說河狸十分擅長用樹枝和泥建造自己的房子，你別看好像亂七八糟的，裏面其實很鞏固。」

女兒繼續說，河狸是大自然中一個很重要的角色，是自然界的工程師，牠們喜歡在河邊、水塘或湖上打造獨特的家，就像人工堤壩一樣，能令水流減慢而形成一個儲水池，也能令附近的泥土變得濕潤，礦物質沉澱，很多植物及動物因而得以繁殖。而經過河狸的堤壩的阻隔，下游生態也就更理想。旱災時也能發揮慢慢供水的作用，是人類及自然界不可多得的一種生物。

他心感安慰，看來女兒在學校也頗留心上課，能夠詳細說出連他也不知道的事。不過人類也未必懂得感恩，而話說回來，河狸也不是為了人類或其他自然界的生物才這樣做的，「偉大」一詞並不能加諸在牠們身上，牠們也只是生來如此，搭堤壩建造自己的安樂窩也是由基因控制，是無可避免的行為；又如果唱反調的說，河狸根本不想建造這樣的家，牠想在樹上生活，或者想像小鼴鼠那樣挖個洞住在地下，但生為河狸，就是要搭堤壩，是迫不得已，無可奈何的。這是牠們一生無可避免的工作及責任！那是沒有選擇的人生！

他對於自己有那樣的奇怪想法感到納悶，那麼正面的事情，為何又想到負面去？

「河狸的家中間是空的，而且高於水面，牠們會在水底建一個入口，或左右兩個，河狸的孩子就留在裏面，既能遮風擋雨，也不易被敵人發現。而且牠們很厲害的，要是家被毀掉了，牠們可以在一夜之間就重建家園。」女兒眼睛沒有離開過河狸的一舉一動。

一夜之間能重建家園的確神奇。人類即使有機械及工具幫助，也不能在一夜間重建家園，更莫說要承受家園被毀的精神打擊。

「那麼每次出入都要穿過水底？」還未敢把頭放進水裏的弟弟擔心地說。

「是啊，所以你最好盡快學會游泳。」姐姐游泳已到第三級了，基本上已算熟水性。

「我想像不到裏面是怎樣的，為甚麼中間是空的但樹枝不會塌下來。爸爸，你上網查看一下。」

對了，之前聽營地的人說沙灘上偶爾會收到微弱的訊號，不知是真是假。

他拿出電話來看，依然是無用武之地的狀態，而且還因為剛才的划船行動而弄得濕漉漉的，不知有沒有壞掉。

「那麼，河狸跟小鼴鼠永遠不會是朋友？一個在水裏，一個在地底。」弟弟問。

「不會的，小鼴鼠和誰都可以是朋友。譬如說第二輯有一本叫《小鼴鼠和兔寶寶》，我相信一定是說小鼴鼠和兔子們一起的趣事。例如說，合力建一個家？」女兒抗議說。

「兔子拉很多糞便的。」他隨即覺得自己說多了。

「兔子和鼴鼠的生活環境也不同啊，跟河狸一樣。」

女兒急了，猛在腦袋搜尋可以辯駁的話。

「合力建一個家，一定是這樣的！」

譬如說，兔子曾經有過很多工作，例如當上魔術師帽子內隨時會被拉出的魔術兔，不過兔子對於每次一模一樣的公式化動作感到很乏味。後來兔子去當演員，也算是留在演藝行業吧。第一次當《愛麗絲夢遊仙境》中帶著陀錶走過，引領愛麗絲跌入樹洞的戲份不重但在故事線上卻非常關鍵的角色。有了經驗後獲得推薦，當上《龜兔賽跑》的主角後備，後來正選因為長期扮演驕傲而且貪睡的人物而習以為常真的越來越懶惰和態度惡劣，便被辭退了，兔子後備補上，因此而興奮了好一段日子……後來怕事情會同樣發生在自己身上，雖然多番提醒自己，卻在一天感到自己開始看不起其他動物後忍痛辭演了。離開的時候有一隻兔子女粉絲跟牠說了很多不捨的話，然後牠便向女子說，不如我們一起去到很遠的地方，建立一個我們的家？不過離開自己熟悉的地方，談何容易。即使是兔子，也不能那樣說走便走的瀟灑。至少，讓我知道我們會去哪裏？女子說。但事情並不是那麼一清二楚的，只能有個大致的目的地，但到達後如何生活及將會遇到的一切，也只能摸著石頭過河。

「那裏會有很多河？」女子問。孩子也問。

我也不知道。親愛的，但要建一個安全的理想的家，離開是唯一辦法，我們總不能在《龜兔賽跑》滿是沙塵的拍攝場地，或魔術師以假亂真的後台建立我們的家吧？

女子默默地接受了離開的建議。他們走了不知幾公里路，避開了猛獸的追捕，最後選了一處近湖的地方安頓下來。這裏有河狸建的堤壩，有避開人類捕殺的水獺、貂、麝香鼠作為鄰居，讓他們感到是個安全的地方。堤壩提供了很多糧食，對於生寶寶也很適合呢！

女子低頭微笑說：我已經懷孕了，你不知道嗎？

牠大喜，感到自己是全世界最快樂的人，美好的日子此刻就要開始了。

不出一個月，女子先後產下兩個寶寶，問題在於寶寶需求甚多，誰應當上照料他們的角色？

女子說，我天生可以產子，但不代表我想帶孩子。你天生不會生產，就由你帶孩子吧！

牠覺得不無道理，可是牠也不懂如何應付經常肚餓及一直哭鬧的孩子。女子也經常心不在焉。牠開始感到這不是一個很完美的家，而牠答應創造的美麗新世界，又在哪。

河狸說，你不是唯一的。你看，我們這附近的動物，都是不願意帶孩子的新生代，介紹一個人給你，牠可以幫忙。

「是小鼴鼠嗎？」女兒問。

他如夢初醒，像被人嚇醒一樣，也不知道故事說到哪。

「對，就是小鼴鼠。所以……《小鼴鼠和兔寶寶》那本書，一定是說關於帶孩子的。」

孩子不置可否，大概覺得故事不甚了了，有欠說服力。

忽然河狸從水中上來，發現了他們三人的行蹤，馬上拔腿跑掉。孩子從後跟上，「快，別讓牠跑走。」他也跟著追，但他不知道為何要追著河狸。

越跑越遠，地面越來越濕，周圍的叢林也越來越高。直到忽然看到一個人，他們便停下腳步。

那是營地抽電子煙的男子。

「別再去了，前面的路很難走了。」男子似乎很清楚他們在做甚麼。

對於男子的出現，他心感疑惑，怎麼又是他？每次緊張關頭總會碰到他？

「天越來越暗了，你們還是回去吧。」男子語帶關心地說。

「你也是划船過來的？你也快走了吧？」他故作熱情的也關心一下男子。

「我……我是游水過來的。我是游泳好手。」男子望向遠處。

他上下打量男子，今早不是看到他拿著浮板嗎？男子的確穿了類似潛水衣的服裝，可是一點也不濕。

他想到如果再問下去，審問人家的態度就會變得相當明顯了，便向孩子說：「我們回去吧。」

孩子向著河狸消失的方向大聲喊再見。

他們靠在岸的船仍然安好，也沒再發現污物了。

划回沙灘的時候，兒子問：「爸爸，你剛才說的故事，是不是真的？」

他突然想起在家中讀到其中一本《小鼴鼠》書的封底文字：

幽默創意的故事啟發孩子的人際智能，成為高EQ的孩子；

引導孩子在現實生活中運用機智和創造力解決問題，

和同伴相處時如何表達自己的需求，並涵養孩子的文學素養。

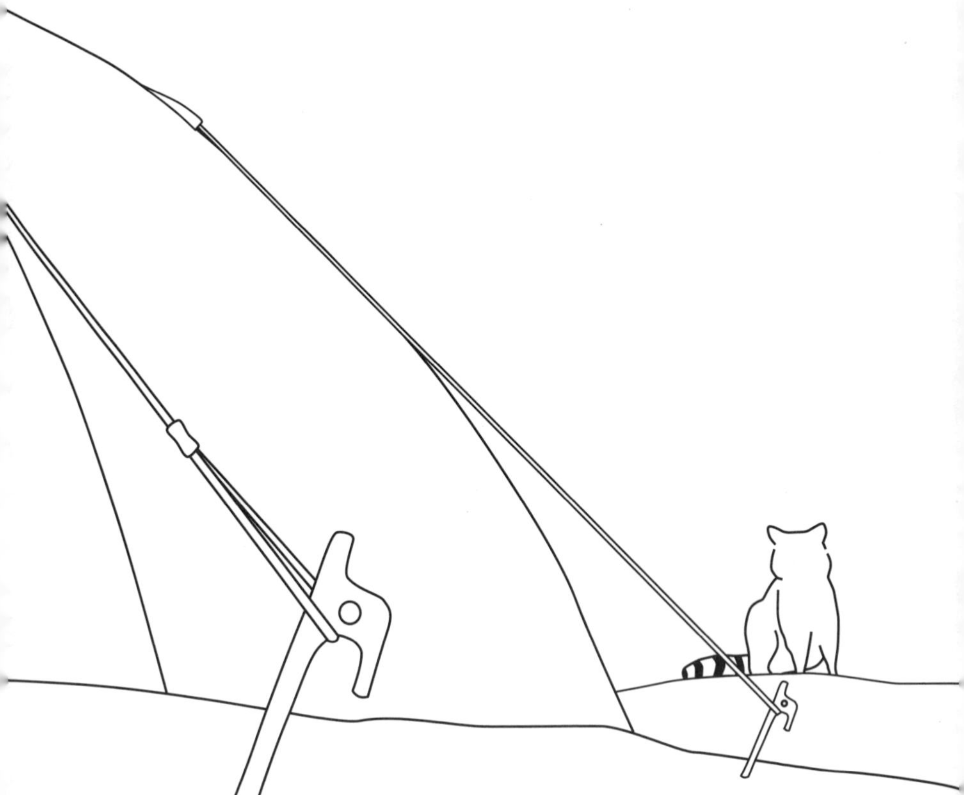

第二（夜） Day 2

/ Nighttime

迷路 Lost

/ 22°C

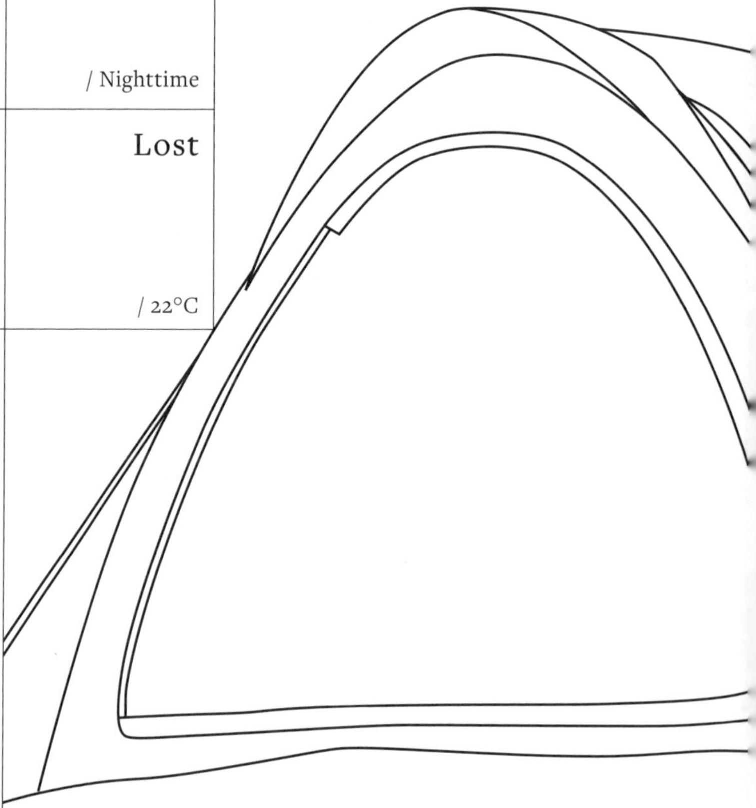

Golden Ears /1716 meters

回到沙灘後，人潮已減半。天氣明顯比之前涼快，跟前幾天的酷熱相去甚遠。完好的防曬篷證明空城計十分成功，只是執拾在沙灘上用過玩過的行裝比散開來困難得多。他們已十分疲倦，孩子也沒幫忙，兩個在沙灘上坐著，玩著跟前的貝殼和石塊。他一個人慢慢地收拾，想到一會兒要爬回山上營地的路，然後要跟孩子清洗和煮晚餐，不禁呼了一口長長的氣。

孩子在沙灘小休及吃了一包朱古力後，回程的路上已顯示充電完畢，跑跑跳跳的，研究著路上的植物，跟家中的、剛才小島的，有甚麼不同。

兩姐弟不時在爭論家中後院有沒有這種那種，每次向他求證，他都沒能說出答案。除了因為他從沒留意後院的雜草或野花，也因為他感到筋疲力盡，呼吸困難似的，不知是餓還是渴，還是精神太勞累。

回到營地範圍，孩子出奇地作領航，很快便以最短的路程走回屬於他們的營地。

「爸爸你看！我們的東西被搞亂了！」女兒大叫。

除了睡覺的地方外，他們吃剩的東西明顯被人碰過，杯碟散落一地，幾個膠袋被拉開，幸好存放食物的冷藏箱放置在車內，才避過一劫。

「到底是誰做的好事！」弟弟看到他的青蛙水壺掉了在地上，十分生氣。

他走出大路，探看一下其他營友有沒有相同遭遇，但似乎大家都安好無事，人們已開始準備晚餐，有的已經在吃水果，更有人在慶祝生日，幾盞掛燈升起，熱烈地唱著生日歌。

這樣的生日會也真特別。他想起下星期便是自己的生日，孩子應該不會記起吧。說來也有趣，一家人的生日剛好落在春、夏、秋、冬四個季節，每人的生日都代表了某個時節的來臨或離去。如女兒的生日是在一月初，剛好就是過了聖誕佳節及元旦，倒數後踏入新的一年無奈地回去上班上學後，給一家人再去慶祝一番的理由。兒子的生日在四月大地回春的時節，那種處處充滿生機的感覺，伴隨只有兩周賞花期的滿街櫻花，和日照漸長帶來的安慰。他自己的生日在盛夏，一般也會拿年假與家人一起外遊，疫情以前他們會和幾家好友在戶外燒烤暢飲。至於妻子，她的生日在秋天，近中秋節，也永遠落在感恩節的周末，所以那個周末她就不煮飯也不做家務了，而且中秋節也是妻子最愛的節日。雖然他不知道為甚麼。

一輪收拾，便要開始煮食。他已忘記出門前帶了甚麼，打開冷藏箱，有豬扒也竟然有3A牛扒，他自己也始料不及似的，可是有鹽沒有黑椒，美中不足。到隔壁營地借黑椒，會不會太好笑？

孩子在自己製作遊戲，樹葉是魔法材料，混進青苔就能隨意變大或縮小，加入樹皮能時空轉移，但不能同時加進石頭，否則馬上爆炸前功盡廢，而且會墮進永不能醒來的惡夢之中。

他覺得有點冷，可能是剛才濕了身沒有及時更衣，樹林內又沒陽光所致。穿起薄風衣，太陽西下，忽然有點秋意。

想到可以煮一個罐頭湯暖暖身，或沖一杯即溶咖啡。但要是晚上睡不著就慘了，不過疲累至此，應該不用半秒都可以睡著吧。

「爸爸，我知道誰來搗亂了，你快來看！」孩子大聲的叫道。

孩子指著一隻浣熊。

浣熊在樹上作向下張望狀，盯著他們的晚餐。

這種浣熊在他們家附近也不時會看到。黑白灰啡的顏色配搭是他們的標記，長長的毛茸茸尾巴呈五至七條間條，短短圓圓像湯匙的耳朵，眼睛炯黑，鼻子像黑色的鈕扣，臉部的毛色構圖就像幾個「八」字重疊著，由鼻子上面開始是白、黑、啡，頭頂有點灰白夾雜，前肢細長但相當有力，還能以後腳站起來走路；手掌也像人類般能作摩拳擦掌的動作，手指尖巧所以拿東西或剝皮等動作都十分靈活。

「對了，肯定是牠。」因為浣熊尾巴的毛還沾有一些他們今早吃剩的花生醬。

孩子一動身，浣熊馬上退後。孩子跟上幾步，浣熊又後退幾步。像在摸索大家的底蘊，敵不動我不動。

他記起一次多年前浣熊進駐他們的家的事。

最重要的是：別令我放下小說

／來自另一時空的信／4

我沒有忘記，要把故事說得好笑一點，只是記得並不等於我能做到。

七節的寫作課過了一半，算是來到下半部，理應也是相對重要的部份。

那天作家導師遲到了，大家都在網上會議室呆等。然後，開始有人在傳短訊作討論。

導師沒上來，負責單位知不知情？有人在後面作技術支援嗎？

此話一出，即有幾個人在打字。

雖然每次導師都把背景設成虛擬場景，但有次他在移動時暴露了後面有張睡床。

是呢，我還見到有一個女子。

我覺得這有點胡扯，但大家好像趁導師不在，越聊越興奮，越說越誇張，繪聲繪影，細節我就不向你們描述了。

大家對這課程有甚麼意見？

一般吧。

還可以。

價錢貴了點。

無聊的話也算可以打發時間。

大家似乎都對課程不太欣賞。我沒有參與討論，感覺像是在人家背後說人壞話，萬一導師上來看到這些留言，那就尷尬了。

忽然一個學員打開視窗。那是上課時經常會在旁插嘴附和導師的男子。

如果大家對導師所教的有甚麼不明白的地方，我有筆記可以跟大家分享。我有開設 YouTube 頻道，談談小說作品、流行文化、文學賞析等等，請大家來我的網站看看，純粹瀏覽不用付費，但也有另外付費的頻道，談時事評論、政治形勢、男女關係，大家請記得 Like。

就在說到 Like 之後，導師的頭忽然彈了出來，男子便馬上消失了。

大家都有點突兀，像中學時代被老師看到在堂上偷偷聽歌或傳紙仔那樣。

「對不起，剛才有點緊要事，遲了。」作家導師頭髮蓬鬆，一臉怪異的表情，眾人都沒有再說話。

只是作家導師竟忘記設定虛擬背景，後面的確就是一個睡房，而床的被單凌亂不堪，地上甚至有內衣褲！相信大家在電腦背後都覺得很好笑，也替他尷尬，但又不敢說甚麼。

那天大家都在「滅聲」（mute）的狀態下，各自在自己的電腦前笑得死去活來。

對了，我終於能夠說出一些比較好笑的事了。

你們覺得這件事好笑嗎？如果覺得好笑，那是為甚麼？不好笑的話，又為甚麼？

那節課還是繼續上的。那天談的主題是：別令我放下小說。

顧名思義，就是故事要寫得好看，夠吸引。只是，甚麼是「好看」？吸引的標準在哪？輕鬆惹笑？悲歡離合？好像都沒有一個能拿出來量度的標準尺度。而你認為的「好看」，跟別人的注定不會一樣。

又以「好笑」為例，每個人覺得可笑的東西也可以非常不同。

記得有一次，你們跟我說了一齣卡通故事，說劇中的老師在扮看書還是在做甚麼，忽然丟下書說拜拜作狀離開。你們都笑了很久，而且將事件說完又說，扮了又扮。我聽了很多遍，還是聽不明白到底好笑在哪裏。我問了好幾次，你們只是重複著那「好笑」的重點，邊笑邊敘述。當時我想到的是，你們的表達力仍然很幼稚，但我的領悟力也無從觸及你們思想的領域。而且，是你們同時都覺得好笑？還是一個人笑，而另一個人跟著附和？

又記得一次，我向你們敘述一件外婆的往事，說著說著，你們一臉凝重的，眉頭都皺了，小聲地問：是不是會有鬼出現？

我才意會到，你們以為我在說鬼故事。

我們的世界，意思是，大人與小孩，或者媽媽跟孩子，訊息發放與接收，是否並不接軌？正如你們的搗蛋行為在你們的世界就是創造力量的釋放，是自我挑戰的摸索，可是在我眼中就是破壞和煩亂，你們不安坐時發出的各種敲打或哼唱的聲音，是尋找並摸索世界節奏的方法，在成年人聽來則無疑是擾人的噪音。所以動畫市場的拿捏就很考功夫，既要入場的小朋友覺得搞笑不悶場，也要同時能夠娛樂出錢購票的父母；既要確保孩子能承受故事中的殘酷元素不致於晚上發惡夢，也要能扣實並感動父母的心。

而且，如何把故事深刻地留在人的心中？就以恐怖電影為例吧，那些凶殘的狂奔追逐，加上強勁的音響效果，要做到把人嚇一跳的效果並不難，但是如何能在時代及背景的設定、角色的語氣及性格塑造、殺人斬屍的背後，各個轉捩點的脈絡都能立體地引起別人的共鳴才是關鍵。當中如何去平衡，的確不簡單。

不過也不是所有著名的創作都會令人有共鳴感的。

那天的寫作課，導師似乎準備欠奉，叫學員每人說一個「不能放下」的小說。有人說，是《唐吉訶德》，因為角色很滑稽，情節很諷刺。有喜歡政治的人說，是《動物農莊》，有非常豐富的諷刺時代及人性陰暗的特點，重看又重看也不厭。有女權主義的學員說，是《科學怪人》，由古代女作家寫的科幻故事，份外特別。然後有幾個人說的都是改編成電視劇或電影的流行小說。在我聽來每人說的答案都是導師拖延時間之計，這點在他始終沒有說出自己的心水小說而顯露無遺。

當時我在討論區打下了：請問你寫的哪一本作品能說得上「不能放下」？

討論區寂靜無聲，直到下課也沒有任何人回應。然後會議中斷。

我對以上幾本人所皆知的小說，都沒有非常投入的共鳴感。《唐吉訶德》和《科學怪人》都是我看過又忘了的故事，《動物農莊》因為故事比較短所以還算有印象。那些書一般都會在過了某段日子之後又無端被重提，提醒我原來又把那些小說淡忘了。

在那節課上我沒有說出來的，是我最欣賞的小說《蘇菲的世界》。故事是關於一個居住在挪威的女孩，一天下課後收到神秘的信，而引發出的一場互動哲學課，而哲學課以外情節發展又大有文章，故事耐人尋味。當年《蘇菲的世界》一出，不但震動了整個挪威，及後更被翻譯成約六十種不同的語言，銷量累積達幾千萬本，到現在還一直風行全世界。

還記得那是我大學時遇上的書，對於剛進大學的我來說，人生太多問號，關於學習、關於寫作、關於感情，及日後的方向。人從何來，人之所以為人，人的本性，人的追求，生命中最重要的事情是甚麼？為甚麼要這樣？為甚麼不可以那樣？

每天我都在奇奇怪怪的想法中混亂地度過。在那時遇上《蘇菲的世界》，書的第一章問主角「你是誰」、「世界從何而來」，我的感覺就好像迷路時忽然遇上一個能引路的人那樣。

你們有想到嗎？你是誰？為甚麼你是你？一切從何而來？愛思考和創作的你們，日後也必會接觸到這本書。你們現在幾歲了？故事中的蘇菲和主角席德，是十四、十五歲的孩子。十五歲的時候你們會想到哲學性的問題嗎？

「你是誰」的問題不單在我大學時代出現，在日後的寫作之中也一樣。我的小說是如何經過我的腦，運用我的手，成為「我的小說」的？而我又想創造怎麼樣的小說世界？

《蘇菲的世界》是一本把哲學以小說形式介紹給年輕人的容易消化的讀物，希望入世未深的人不要藏在兔子的皮毛深處，對根深柢固的日常全盤接收，而應爬向兔子的細毛頂端觀看外面的廣闊世界，並告誡貪於安逸的人。

這書我有平裝英文版，書小但很厚；也有大開本平裝較薄的中文上下冊版本。我對於故事分別塞進一個厚的小長方，及兩個扁薄的大長方感到好奇。前者雖厚，但輕盈可愛，感覺可以抱著睡覺；後者卻像要帶到學校上課的教科書。如果我的書櫃仍在，那兩個中英文版本就在右面的最高那一格。如無法拿到，千萬不要企圖爬上櫃去拿，拿椅子或叫爸爸幫忙。

對了，我本來就想把你——我的唯一女兒，命名為Sophie。一來Sophie在希臘文就是「智慧」的意思，二來，故事中的蘇菲善良勇敢純真，對世界的事物充滿好奇而有正義感，真是理想的孩子的性格，所以也想自己的女兒叫Sohpie。可是一個比我早兩個月懷孕的友人，在我說出命名的事情之前搶先說她的孩子會叫做蘇菲亞，簡稱一般就是蘇菲了。那真的令我不是味兒，我不想被友人認為我在抄襲，而我也有感既然友人用了我也不想用了。當然蘇菲亞跟蘇菲不盡相同，但我當時就放棄了，甚至沒有向友人提過這件事。誰猜到後來友人的孩子出生後卻用了另一個名字！當時我真的有點生氣和感到遺憾。至於你們後來為何擁有現在的名字，有興趣的話，你可以問爸爸。

可是你要謹記，不要像故事中的蘇菲那樣，隨便跟一個陌生男人寫信、交談甚至秘密見面，更把事情向父母隱瞞，記住，那是絕對絕對不可以的！此事千萬不可模仿，不要與挑戰自己混為一談。

當然，蘇菲的世界只是小說，而無獨有偶，在小說中她也只是紙上人物，百分百被創造，百分百屬虛構。

這些似乎不管甚麼年代也永遠合時的書，不管你們是否對那些題材有興趣，你們早晚也會遇上，總會有不同的理由令你去讀一讀它。可能是學校老師要求做的讀書報告，可能是因為它們再一次入了十本人生必讀的書的排行榜。我不是一個博覽群書的人，閱讀量比你們其實還少，從前我以為自己是懶惰，但後來我發現只是我的興趣太狹窄，對於很多種類的文本都不太易接受。是缺陷也是遺憾吧，不過我提醒自己，每個人都是獨特的，別讓其他人的準則去成為你的人生方向。不同的人生，當然有不同的方向，最重要是，那是你們喜歡的、有意義的方向。

可是如何寫出令讀者「不能放下」的小說呢？我也沒有很清楚的答案。還是別理我過去的事了，不如說說你們的創作吧。

你們已經開始了那種很純粹的創作階段，我讀過你們寫的冒險記，那幾隻傻傻的動物，老鼠、貓頭鷹和小麻雀，竟然乘飛機到中國去旅遊，然後拯救了兩隻身世可憐的白頭鷹母女。故事是那樣的天真可愛，很多緊張的情節及有趣的形容，令我大開眼界，真是一個令我不想放下的故事！

那未寫完的第三章，會怎樣發展呢？你們以前曾暗示過，第三章是關於露營的，最後怎麼了？即使我不再在你們身邊，也是很想知道的。

記得那年我們計劃要去露營，出發前一天卻病倒了嗎？真是一場歡喜一場空，所有準備好的用具或食物都攤在車房，無人想去執拾，最後無奈地全都放到儲物室去。當時年紀尚小的你們不明白為甚麼生病不可以去露營，顯得非常失望，一直在哭。別擔心，你們一定有機會去露營的，到時記下各種有趣的事物，好寫入故事之中，成為下一章故事的題材。

是的，從商業角度來看，系列性的故事，尤其加入魔法的，都很受歡迎，如歷久不衰的《哈利波特》，如那些《彩虹仙子》的故事，真想像不到每一種顏色、天氣、運動、節日、舞蹈等等，都可以各有一個仙子的故事。這在我開始不斷買書給你們的時候感到始料不及，也不禁去推算背後的出版動機。

你們暫時就別把商業角度考慮在你們的創作之中吧。甚麼都不用理會，別讓生意人常掛在嘴邊的市場價值左右你們意念的飛行，把你們最自然的經驗，最想敘述的奇遇痛快地、愉快地、自由地表達出來就好。

你們喜愛創作的力量，那種沒任何動機的純粹，在把故事捧在人眼前的一刻，已經十分吸引。這並不是因為我是你們的媽媽才說出這樣的話的。

真誠的遊戲，更適合形容你們現在的創作。

記著，不必刻意迎合誰，也不必急於變成年人。

寫作課程過了一半，我給它的評分，不言而喻。

浣熊移民記

那年夏天，孩子仍未出生，妻子在花園整理剛要變紅的番茄，卻聽到奇怪的連串嗚叫，沒有間斷的，像求救的訊號。

她走出行人路查看，竟看到對面房子的簷篷上，有兩隻很小的初生浣熊在徬徨地叫。顫抖著的身體，像是快要掉到地上似的。散步經過的人都留意到了，也替牠們著急。按了那家人的門鐘，主人出來解說，這些浣熊已經住在他們家好一段日子了，每晚在屋頂跑來跑去根本無法入睡，而且留下食物和糞便，實在不能忍受，便請捕獸公司來處理，昨晚已把出入的洞口封了，牠們已無法返回屋內。媽媽浣熊在早上不見了，卻留下了兩個孩子。

妻子不敢相信，浣熊媽媽就那樣離開了自己還未懂得自理的孩子，而且事情似乎並沒有解決呀！

話未說完，一隻體型較大的浣熊急急跑來，熟悉地從水渠爬到屋簷上，用口把一隻浣熊孩子叼住，然後身手敏捷地爬下來，急匆匆的在花叢後離去。留下另一隻更著急的小浣熊，叫得更大聲了。

那一定是浣熊媽媽了吧。

妻子更加不相信，浣熊媽媽就那樣只帶走一個孩子，留下另一隻不理。難道是重男輕女？還是汰弱留強，兩個只能活一個？

鄰居都在議論紛紛，說浣熊在附近活動頻繁，翻垃圾、吃園裏的植物和水果，對對對，很討厭，我的無花果樹被牠們成群結隊的來吃個清光了！吃剩的很可能有細菌，我也不敢碰了。說著說著，簷上的孤單孩子又好像不那麼可憐了，甚至有點感覺可憎了。

就在大家聊得興高采烈的時候，浣熊媽媽又隻身跑回來，再次爬到簷上，把剩下的孩子帶走。孩子馬上收起求救的聲音，乖乖地被叼走。

那麼浣熊媽媽大清早離開，是先獨自去尋找可以安身的地方，再回來接孩子？

妻子如釋重負，在浣熊離開時從後躡手躡腳地跟著，往下走了一條街，再拐回來，走著走著，卻越來越近自己的家。最後竟看到浣熊爬到他們的屋頂！原來浣熊一家選擇了他們的家作為新居！

接下來，就是每晚聽到浣熊在家內活動的日子。妻子笑說，只有一條馬路之隔，卻兜了那麼大的圈。對面鄰居是意大利人，在家都說意大利語的，現在來到我們家，浣熊會不會以為自己移民去了另一國家？

他沒好氣地說，你這想法太無聊了。妻子回他，你又怎知道浣熊不懂分不同的語言？

要繼續反駁妻子那你又怎知道浣熊懂分人類的語言只會令這場對話沒完沒了，他心中有更重要的在盤算：如何盡快把浣熊趕走。

之後，是妻子如何極力反對粗暴的迫遷，說他令浣熊再次失去安居的地方是殘酷不仁的行為，從而有機會讓妻子翻出他曾經提到移民去東岸的事，她實在不喜歡嚴冬大雪，封閉的感覺令她很窒息，又搬出沒理會別人感受等等。那不如移到南方去，如聖地牙哥，可以天天都有暖和的天氣。

那最後變成了一場持續了很久的冷戰。好端端的為甚麼要離開？人生已過了一半，一切重新開始會更好嗎？

他不想再放任自己回想過去，抱著自己的頭，同時不禁懷疑這山上是否有奇特的磁場，能隨時干擾人的腦神經。

忽然浣熊敏捷地爬到他們的餐桌邊，站起來盯著桌上，看了看孩子，明顯想進攻他們的食物。而他感到很不舒服，胃悶悶的，燒好了的牛扒也不想碰，只牽強地吃了一條粟米，吃完又後悔。

孩子也不太愛吃牛扒，可憐的貴價牛扒就那樣慢慢變涼，變硬，然後有昆蟲來分一杯羹，要是浣熊想吃便由牠吧，也算是當日把浣熊從家中趕走的一種心靈上的補償。當然這浣熊不是那浣熊，他也跟當日的他不同了。他想像腦袋經常充滿奇怪想法的妻子一定會說，你又怎知道這浣熊不是那浣熊？

這絕對是無法查證，無法辯駁也無法阻止的想法。

傍晚天色驟變，灰灰的密雲凝固成泡沫狀，不舒服也算了，他只希望不會下出雨來。

孩子看著浣熊拿走冷凍牛扒，說了聲再見。明天再見。

「爸爸，你知道露營最重要的節目是甚麼嗎？」孩子把手電筒掛在頸上，看來又想到新玩意。

他已經躺著不想動彈。疫情期間身體每有不適便會份外緊張，是不是自己染上疫症了這類的問題相信很多人也有過。此刻他覺得自己有點呼吸困難，十分疲累，便疑心生暗鬼，胡思亂想一大堆。要是他得病了，要是情況急速惡化，半夜在山上怎麼辦，孩子又怎麼辦。

孩子並不明白他的憂慮是否多此一舉，硬拉著他出去。

天已經全黑，有甚麼好玩？他想說趕快刷牙睡覺，卻也覺得自己不合情理。誰會在露營時準時乖乖去睡？

「沒試過在晚上營地探險，不算去過露營啊。」女兒一定在學校聽過朋友這樣說。

三人拿著小小的手電筒，在營地左照右照，探險的刺激感令孩子心情興奮，走了很久也不肯回去。他無可奈何在後面吃力地跟著走，孩子的電筒一時照向樹上一時照到其他營地去，完全隨意行事。他也沒辦法，心只想盡快回去休息。可是走著走著，他也不知道方向。

「爸爸，我們迷路了。」兒子說。

「哈哈哈哈，騙你的，我們不會迷路，我們在找東西。」女兒不忍欺騙爸爸。

「找我們的營地嗎？往回走就是了。不用找。」他只想快點回去。

「不，爸爸，我們在找藥。」

「甚麼？」

「找藥給你，也給所有人的，醫疫症的藥。」

他不想在這地方大聲地談疫症的話題或澄清甚麼，免得引來其他人的注意，甚至引起不必要的誤會。

「小鼹鼠也是這樣，找藥醫他的好朋友大耳鼠的。」

第三輯有一本《小鼹鼠扮醫生》，他們之前在家上網嘗試尋找過，有人把開首幾頁截圖上載，小鼹鼠為了救他的好朋友，不惜千山萬水遊歷全世界去找藥。至於最後能否找到，他們不得而知。不過照劇情所需，估計一定能成功吧，兒童繪本大概沒有找不到藥而朋友死了那樣的結局的。

「沒有藥，大耳鼠便會死了。」女兒的電筒四處亂照，似是認真地在找東西。

「爸爸，沒有藥，人會死嗎？那有了藥，便不會死嗎？」兒子問了他極不想聽到的問題。

「我們往那邊走吧，這邊好像沒走過。」他隨便找了一個話題打岔，同時感到自己的體力已非常有限。

「你支持著，很快便找到藥的了。」

他也不知道女兒是在學著電視劇的對白，還是他開始有幻聽。聽覺失調是否染上疫症的症狀之一？還是味覺？嗅覺？

越想越不對勁。

「我們還是回去吧。」他停下來，感覺不能再走了。

不行，一天未找到藥，我們並不能回去。現在放棄，只會前功盡廢。只要我們相信，一定會找到的。香草、精油、中藥，全都是從植物提煉的，怎能輕易說找不到藥？你看，那大松樹的樹上有貓頭鷹，說不定可以引路，動物的本能不能小看，牠們聽到我們聽不到的，看到我們看不到的，聞到我們聞不到的，其實比人類要聰明得多了。你千萬不要睡，睡了便醒不來了。現在只能繼續向前走，走不到目的地我們絕不能停下來。

是妻子說過的話嗎？他覺得這番話似曾相識，但想不起何時在哪裏聽過。

「大耳鼠有甚麼病？」弟弟問姐姐。

「感冒？」姐姐抓了抓頭，隨即又自言自語說：「動物也會感冒嗎？」

這時候，孩子照到兩點發光的東西，像恐怖幽靈的眼睛，可能比恐怖幽靈的眼睛更恐怖，但到底幽靈眼睛有多恐怖？

他覺得自己開始精神錯亂，語無倫次。

「爸爸，是剛才那隻浣熊，可能牠想引路，告訴我們藥在哪裏？追著牠！」

他只聽到孩子踏踏踏踏的急步聲，瞬間只剩他一個人在漆黑的樹林之中。

「你們快回來！這不是開玩笑的，爸爸看不到你們！」

腳步聲越來越小，他的心臟像被火燒一樣，心跳極快，雙腿卻無力追上，也不知該向哪邊追。

按常理，營地的人很多也未入睡，肯定會有零星火光，圍爐夜話的人，觀星的人，上廁所的人，都可以幫忙。但此刻他環看四周，幾乎黑得伸手不見五指，只見天上烏雲呈現詭異的灰，其餘一切都被黑色淹沒。

他恨不得自己是貓頭鷹，能夠在黑暗中清楚看見，又能馬上飛到孩子的身邊。

在失去妻子之後，他不相信這世界會有奇蹟，但就在他快要崩潰之際，一隻手拍在他的肩膀上。那個不止一次在危急關頭出現的男子，拿著強力照燈站在他後面說：「不用緊張，我們一定會找到孩子的。」

他心慌意亂，而這話一出，他實在禁不住了。

「你到底是誰？你一直在監視我們的一舉一動嗎？你有甚麼目的？你怎知道我在找

孩子？」

他不客氣地直接質問。一連串的問題在光影閃動之間，彷彿整個山頭只有他兩人。

「現在問這些問題有用嗎？最重要是先尋回孩子吧！」

想不到男子完全沒有被他的問題搞亂或嚇倒，反而更突出了其行動的冷靜和堅決，令事情更奇怪。

他也不能在這節骨眼上跟男子理論了，是的，先尋回孩子是首要任務，可惜他此時胃痛非常，蹲在地上，幾乎不能動彈。

男子從口袋拿出兩粒藥丸向他遞上。

「吃吧。」

他也不是痛到失去理性，連陌生人給的藥也照服不誤的，故沒有伸手接住。

「你以為我會害你？這是普通的止痛藥而已。」

是否普通的止痛藥，在漆黑中無法看清楚。

「吃不吃由你，我自己先去找孩子了。」說罷，男子把兩顆藥丸塞給他。他看著那道強力燈光，一晃一晃地遠去。這男子是陌生人沒錯，但他感覺這男子卻似乎不是一個隨機遇上的普通陌生人那樣簡單。

過了一會，他再看不見燈光。他拿出藥來看，一粒紅色，一粒藍色。

普通的止痛藥為何會有兩種色？兩種牌子？分早晚效用？兩種混著吃才有用？還是二選其一？甚至一粒是毒藥，另一粒是解藥這種荒謬的事他也想到了。

就在他胡思亂想到快要發狂大叫之際，他聽到樹林有一把聲音在叫：妙妙！陽陽！妙妙！陽陽！

重複的叫聲在迴盪著，反彈到他那裏去時，那把聲音竟然是女聲。

而當時的他還不知道小鼴鼠周遊列國千山萬水要找的藥，其實就是「德國甘菊」。

德國甘菊，是他家中後院也有的白色小菊花。

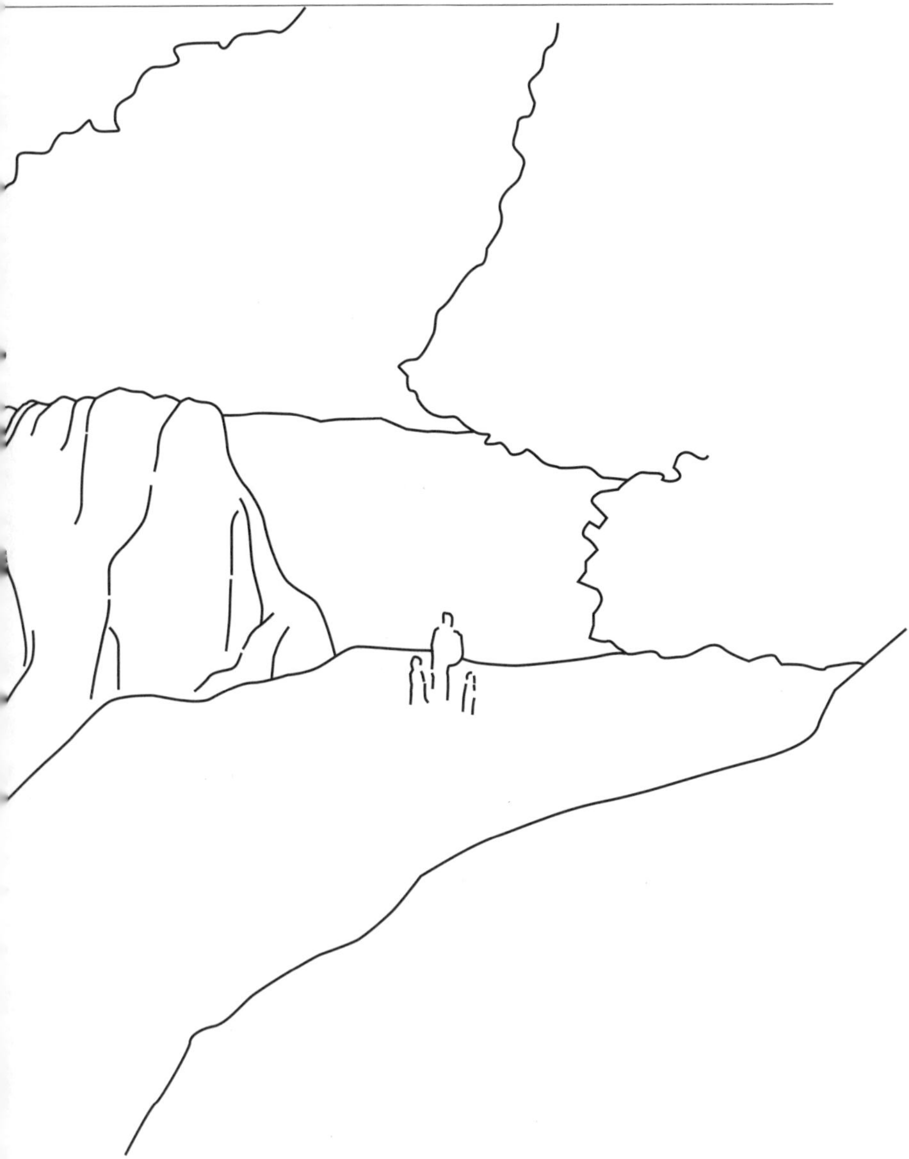

第三（日）

Day 3

/ Daytime

登山

Hiking

/ 26°C

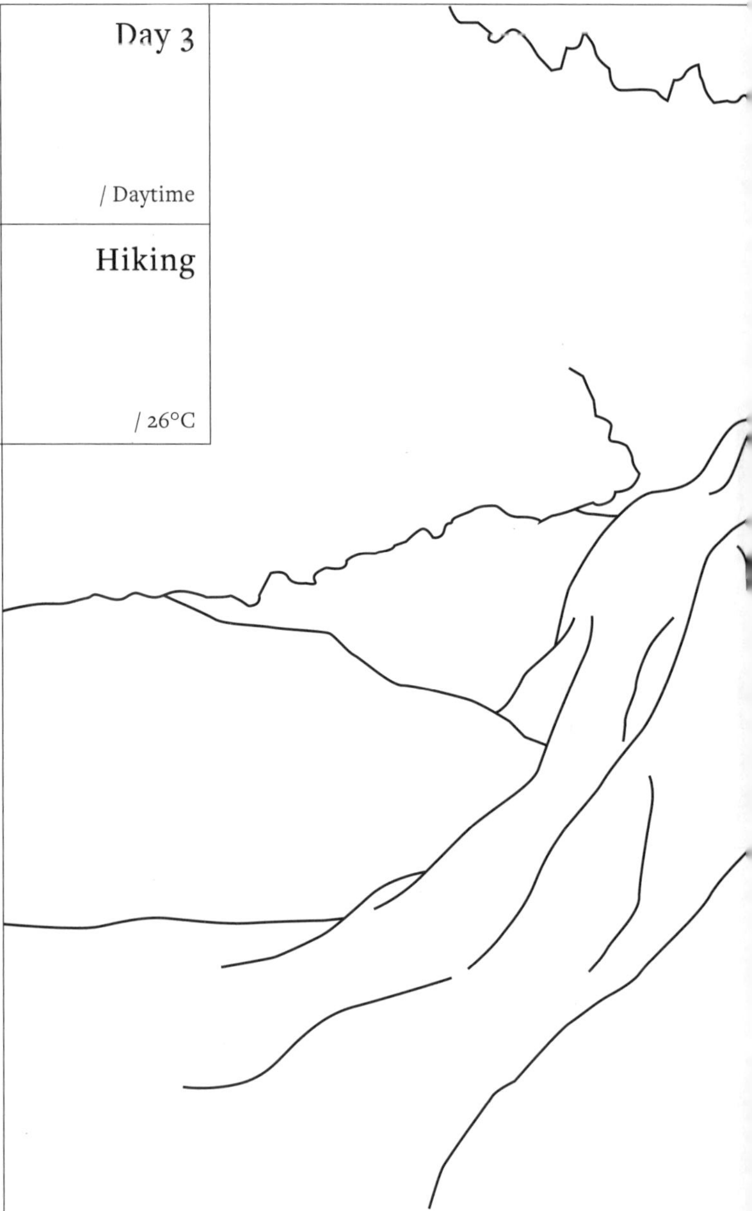

Golden Ears /1716 meters

雨聲由微弱的俏皮輕敲，慢慢變成管弦樂隊的鼓手在擊打，把在帳篷內的他吵醒。他發現自己一個人在空洞的帳篷內。

想起昨晚胃痛到無法支撐後，最終有沒有吞下陌生男子給的藥丸？吃了哪一種？孩子呢？尋回了嗎？

忽然有兩個人蓬的一聲衝入帳篷內，是濕透了身的孩子，先是神情呆滯，繼而哈哈大笑。

「原來露營下雨是這樣好玩的！爸爸你終於起來了，你也來淋雨吧。」孩子又鑽了出去，笑聲和踐踏水的聲音交叉在一起，成了人間最美的聲音。

可是他不認為昨晚找孩子的事只是一場夢，但最後他如何一個人回到帳篷，孩子又怎樣安然無恙地在他身邊？

摸摸褲袋，掏出一堆紫色的粉末。

本想馬上向孩子問個明白，轉念一想，又生怕問出一些意想不到的答案，又擔心孩子會感到害怕或奇怪，而現在迫在眉睫的，是另一件事——他發現他的襪子濕了，帳篷滲水了。

露營最慘是遇上下雨，帳篷滲水和漏水，要是被單衣物盡濕的話行程便不能繼續，要打道回府了。這樣的話，孩子將會非常失望。

這趟旅程除了是他們第一次去露營外，更是一次試驗自己能力之旅，也是疫情期間暫時忘記疫症的理想戶外活動，他是很想孩子在學習和玩樂受阻的這年，有個特別的露營經驗作為美好回憶。他心底裏，更是想用上妻子數年前買下的露營用品，一盡彌補的心意。

只是這場看似早有準備的簡單的旅程，好像一開始已充滿變數，暗潮洶湧而且難以捉摸。這是上天給他的一個考驗？還是只是一般新手都會遇到的常見問題，只是天公不造美，加上他一個人應付所有東西實在太累，以致感覺事情很不對勁？

他穿著濕漉漉的襪子在帳篷內清理滲水，幸好被單和睡袋還能逃過一劫，有兩條穿過的褲子濕了也不要緊，只要抹乾地上的積水，再鋪上另一層膠墊便可以。他始才明白為何妻子買了那麼多膠墊，起初他還以為是減價而多買了，那是妻子的習慣。然而此刻他才知道這其實是有備無患，而現在真的大派用場。

可是要是雨一直下，或者雨量在短時間內暴增，那就未必足以應付了。提早回家是最壞打算，不過未到最後關頭，他也不想放棄。

明天便是最後一天，無論如何也希望捱下去。

他跪在地上清理著，孩子在外面玩傘。直到中午前雨勢開始減弱，肚餓的意識慢慢湧上，才想起忘記了要吃早餐，孩子也沒有吃。

天氣已經變得涼涼的，如果不是下雨的話，這樣的溫度在郊外最適宜登山。

「爸爸，現在沒雨了，我們去登山吧。我們想去看瀑布。」

「但這樣的天氣……」他步出帳篷抬頭望向天，臉上感覺不到半滴雨水。

他說不過孩子，便著孩子帶些餅乾和燕麥棒，幾包果汁和水，由弟弟拿著在家參看互聯網後自行繪製的地圖帶領，三人各自帶著不同的心情出發。

今天有點風，樹葉被吹得蕭蕭作響，像是把弟弟的地圖也吹歪了，紙上圖像歪歪斜斜，只有他才看得明白。

在馬路走了十分鐘後開始感到不對勁，走回頭去問入口亭的職員，怎料職員也指引錯誤，又走了一段冤枉路，回到原來起點交匯處時，天又開始下雨了。

「我們回去吧。」他心中一直盤算著孩子的耐力，他們是否真的能到達那個傳說中如人間仙境的瀑布。現在折回營地，未為晚也。

「不！看不到瀑布，我們不會回去。」孩子不肯，從背包拿出防水雨衣穿上，一副誓不罷休的樣子，令他難以反對。

不知是否天氣關係，馬路上竟然沒碰上一個人。風景也是一般樹林及路景，不見得特別。幸而路也不難走，沒有很斜的陡坡，只是行人路欠奉，走在馬路上，每有車在身旁經過便感覺危險。

「爸爸，有一本書是說小鼷鼠和玩具汽車的，你覺得故事會怎樣？」

「唔……說小鼷鼠整天在玩玩具車，不理牠的好朋友長耳兔和大耳鼠，所以牠們生氣了？」他其實對這話題半點興趣也沒有。

「我覺得不是，小鼷鼠不會這樣自私的。可能是汽車壞了，而牠不知怎算好？」弟弟說。

「我猜小鼷鼠一定是不知哪裏找到一輛玩具車，然後到四處遊覽，遇上有趣的新鮮事。」女兒是個天真的孩子，妻子說過那是不可多得的性格。

「真笨，這段路應該開車上去。」他的心思只跟現實問題掛勾。

「爸爸，你說我們笨？」

他說了不該說的話。

「不是啦，是爸爸笨，想不到可以開車走這段路，到了上面山路才下車走，便能省一點時間和腳力。」

「不笨啦，我們又不趕時間。」說罷，孩子唱起歌來。

孩子也不無道理。在營地的時候，除了飢餓作為時間消逝的指標，沒電視節目沒工作的事要處理，時間的概念變得極不明顯，如果不感到餓或累的話，早上七點和黃昏七點基本上分別不大。又想到要是留在營地，下雨也沒甚麼可以做，登山也算可消磨半天的時間。

拿出電話，網絡供應依然是死寂一片。跟他形影不離的電話，這幾天大打折扣，只能當作相機之用。

情不自禁地，他心中又冒起恐怖片的劇情：在四野無人的荒山迷路，結果誤闖入殺手的圈套。想到類似的題材一而再再而三地被重用，卻又有人不斷追看，也真是奇怪，像那套跟妻子看的第一齣 *Saw* 是二〇〇四年，想不到隨後六年每年都有一齣續集，名字也懶得去想了就叫 *Saw* II、III、IV、V、VI，然後是 *Saw 3D*，都是他自己在家中收費台看的。妻子曾說過，橋段不怕舊，最緊要有人接受，鋸個沒完沒了的十幾年還是有人追捧，也證明了觀眾的口味十分乏味啊。直到二〇一七年又有另一續集，而今年二〇二一年出了第九齣。當然，也只有他自己看了。

想著想著，他下意識地回頭看了看。後面空無一人，心中感到氣氛很怪異。

他只能把所有心思放在兒子的地圖上——那看山不似山，看湖不似湖，看路不似路，以及各種怎看都似是水果的圖形為記號的地標，東南西北座向都寫錯了的地圖。

題材已被用光了

／來自另一時空的信／5

對，如果感到創作的題材已被用光了，那怎麼辦？

「這麼多年來千千萬萬個作家寫了無數個故事，題材的確已被用光了，這是不容置疑的事實。但是我們有How。」

那是寫作課第三節的主題，也是我第一次認同作家的想法。

作家導師以自己的作品為例，用半小時去說明他的題材如何跟其他作品有相類似的地方。

「如這一本，是寫死亡遊戲的。這一本，是寫學校怪談的。」作家導師似乎十分享受他那些與其他作品的無言相遇，又仔細地挑出兩者不同的細節以表示作品的異曲同工之處。

我提過那個未能寫出結局的小說，場景是圖書館。當寫到一半時，我隨便在網上搜尋一下，以圖書館為題材的懸疑科幻小說竟是多不勝數——看不見的圖書館、活著的圖書館、千年圖書館、禁閉圖書館、圖書館奇譚……多得令人眼花繚亂。當然也少不了介紹圖書館的實用書籍，還有愛情故事及散文。我是那樣的後知後覺，竟選用了圖書館作為小說的背景，幾乎是連小說名稱也無法突破了。

你們現在幾歲了？有否讀到關於圖書館的故事？

「如果完成作品後發現跟市面的作品撞了主題，怎麼辦呢？有方法的，首先可以把時空和城市背景設定換走。如果人物相似，可以把男轉作女，老人變成中年等。如果情節發展類同，那就別太介懷了，尤其愛情及恐怖故事的，已沒有甚麼驚天動地的創新寫法了。大家的愛情經驗，或夜間探險的橋段，不都是大同小異嗎？應該沒所謂吧，改一改就可以了，也不能說誰抄襲誰的。大家可曾聽說電影界會因為想不出新的題材而無法生產電影？不會的，湊湊合合就是了。」作家導師又拉出PowerPoint 來助興。

那時候並沒有人冒出頭來不同意導師的說法，也沒有人在討論區說半句話。但的確，那些漫畫英雄電影大行其道，單是《蜘蛛俠》在幾年間也拍出幾個版本，最後三個蜘蛛俠穿越時空同場出現，也是大受歡迎。

可是，說到遇上內容相似便改頭換面，未免過於簡單。我那個圖書館的故事，雖然是虛構的但情節卻是根據邏輯而逐步推進的，把背景切換是不可能；試問我如何把那個現代的故事，改成在古代或其他星球上？而時空是可以隨便抽離的嗎？每個城市各有不同特色吧？男變女，老變幼，都要大幅修改人物的思想行為及說話語氣吧？春夏秋冬的葉子也有不同的變化呢。

雖然後來我在小說的開首補上：「世界上關於圖書館的故事已經夠多了，還能再說甚麼？」來掩飾我的後知後覺，然後更由拆卸一所舊圖書館說起，但我仍然感到不對勁。

如果你們在做某件事的時候感到不對勁，即使不知為何，也別衝動馬上去做了。不對勁的感覺發自你們的內心，那種本能性的感應，不要隨便去否定它，三思而後行，不要盲目前進。

記得那個所有小孩都會讀到的《糖果屋》（*Hansel and Gretel*）故事書嗎？你們讀到的時候，心中就有不少問號，有奇怪的感覺，禁不住打斷故事問我：「為甚麼小孩的父母親要拋棄他們？」

我當時並不懂怎樣解釋「後母」是甚麼，也不能隨便說那只是童話故事而已，因為事實上現實世界也有不少親生父母拋棄孩子的新聞。但當然你們那時還不知道那些殘酷的事情，而我不能隨便代表天下間所有父母說他們都很愛自己的子女。我記得我好像回答說，那是一八一二年出現在德國的故事，傳說故事寫於中世紀時期的大饑荒。然而我無法令你們明白二百年前是多久以前，更莫說再早幾百年前的大饑荒時代，而且你們又一定會追問「甚麼是大饑荒」……那就越說越亂了。

「你們長大後便會明白」好像是我當時的回應。其實，是錯失了一個向你們說明事情的重要機會。「拋棄」的意思太狹窄、太片面，離開自己的子女當中可以包含很多原因、情感的抉擇，及迫於無奈；不是所有的離開，都能簡單地說得一清二楚，而又令人接受的。又如我把你們的舊玩具拋棄，並不代表我心腸歹毒。當然那只是玩具而不是孩子，不應那樣作比較。而且，說不定你們現在已有了後母？那個後母在現實世界當然不能把你們拋棄在樹林內。又或者你們長大後也有機會成為別人的後母？

唔，說得太遠了。糖果屋的故事在歐洲不同國家及俄羅斯一直流傳，後來都有了增刪的不同版本，聽說最少有十幾個，最近期的新改編版就在二〇一四年。後人對此故事的解說也各有不同，及後更有電影、電視劇、舞台劇甚至電子遊戲的衍生。

題材真的用光了嗎？人們為甚麼要不斷改編故事？直截了當挪用了舊有的故事去做改動為何沒有問題？是因為作者已經死了？無從稽考故事的來歷所以要抄襲要重寫也沒關係？

家中也有幾本糖果屋的書。一本是小巧的硬皮書，另一個則收藏在《兒童睡前小說集》中。先不談睡前看這樣的故事會不會對睡眠有幫助，先想說的是，兩個版本的糖果屋是有分別的，一所是由麵包和蛋糕做成，而另一所則由薑餅人和聖誕糖果做成。如果說原故事的背景是大饑荒時代，父母因為沒有糧食而拋棄子女，那麼由麵包和蛋糕做成會更合理，也更能吸引主角。可是如果是由麵包和蛋糕做成，那麼譯作「糖果屋」就不妥當了。如果譯作「麵包屋」，在現代的消費主義市場來說必然是欠缺吸引力的。

噢，我又提到市場了。不管怎樣，糖果不能充飢而且多吃無益，這個你們都知道吧？

Hansel 和 Gretel 的故事到底想表達甚麼？跟糖果如何吸引有關嗎？兩個孩子被騙到樹林，又冷又餓的在野外過了一晚，卻因為哥哥的機智留下記號而成功回家，卻又再次被父母送到樹林丟下，迷路後看見糖果屋，更可怕的事還未真正發生——糖果屋竟然是由吃小孩的狡猾女巫刻意建造的。然後無辜的哥哥被囚禁，要被養胖作食物，可憐的妹妹被當作奴隸，故事發生至此，簡直是人間慘劇，我都不想再讀下去。

古代童話故事都不需要根據邏輯或現代法律，也不用衡量其道德的規範，主角多能以不同的手段達到逢凶化吉的效果。故事中妹妹把女巫殺死，拯救了哥哥，從現在的法律看來，即使眼前發生的是天理不容的事，就地殺人是絕不能成立的。然而面對惡勢力，真的能無動於衷嗎？坐牢就是天下間最公平最文明的懲罰嗎？辨別是非的能力與良知是與生俱來的嗎？所謂惻隱之心是否真的人皆有之？如果是，那麼為何還需要法律？而且每個國家的法律與道德標準都不一樣，不是太令人費解了嗎？

人們總是不斷利用虛假的不切實際的童話故事，去教育孩子如何面對現實生活中的逆境和困難，如何以勇氣及智慧求生，但又要在事後提醒那些都是不合時宜的內容，有事記得打電話報警。

當時你們又問：以前真的有女巫嗎？小孩可以殺人？

我實在無話可說。到底讀童話故事想得到甚麼？是因為讀童話故事是每個人成長的必經洗禮故不能不讀？還是因為市場在無限翻製，能買的最常見的也就是那些已收在迪士尼世界的童話故事而已？白雪公主、灰姑娘那些故事，我是從來不喜歡的。

我只能說，故事中那個軟弱無能的父親，在我眼中其實是罪魁禍首，罪該萬死，他不配得到孩子帶回來的金銀珠寶，從此生活無憂，更不值得原諒。而那惡毒的後母為何忽然死去，似乎也沒有人想研究。

你們有把故事重寫或續寫的經驗嗎？

看來這篇同樣是無論如何也無法令你們發笑吧。

老虎和幼虎

即使有點餓，也沒有人想拿東西出來吃。

雨勢稍為減弱，山間馬上籠罩起一層霧氣，四周能見度越來越低，跟恐怖電影的劇情非常配合。他不寒而慄，但不想影響天真的孩子，只好默默跟著兒子走。

偶爾走過的車，甚至踩到樹枝的聲音，都變成恐怖片的配樂，令他神經緊張。孩子的歌聲，是唯一能中和他內心恐懼的聲音。

忽然，他瞥見樹林內有動靜。定睛細看，看不出個所以然。心中祈求那只是常見的小動物，鼬鼠也好松鼠也好，看不清是甚麼也好。

「爸爸，你看這腳印。」孩子指著泥路上一組清晰可見的爪印說。

他心中大驚，想到爪印如此清楚，必定是剛留下不久，又必定是屬於兇猛而且具襲擊性的野生動物。往前走是否會走入更險惡的萬劫不復的境地？馬上折返又是否於事無補？他拿不定主意，從口袋拿出一個錢幣，打算以擲公字決定。

第一次，他把硬幣拋得太高。第二次，又把硬幣拋得太低。兩次都接不住。第三次硬幣更掉了在地上。

孩子看到爸爸在玩拋硬幣遊戲都十分興奮，爭著要拋，沒有意會到握在爸爸手上的小小錢幣，竟有決定他們生死存亡的意義。

他不耐煩地高舉硬幣不讓孩子搶到，也不知從何解釋，情況混亂。

「腳印說不定是怪獸的！」急忙之中他跌入久未墮進的以胡扯來欺騙孩子的陋習。

胡扯在他的成長之中佔了很大部份。小時候他的父母及祖父母都習慣以不同形式的謊話去阻止他的行為，或解釋事情的後果。長大以後他當然知道那些都是謊言，可是那種以胡說八道來作威嚇或臨時開脫的思維一直深藏在他的腦中。直到他有了自己的孩子，第一次說出你再咬指甲你的指甲會在一夜間全部沒有了，他自己也吃了一驚。妻子反應更大了，不能相信他竟然有那樣古老的思想。她不會接受孩子在連串謊話中成長。

哈哈哈哈！孩子大笑起來。

「哪有甚麼怪獸啊爸爸！這是動物的腳印。」幸而孩子沒有被嚇倒，而且更能以正確的知識去糾正爸爸。

「那你知道是甚麼？」他有點顏面無存，竟想反過去挑戰孩子。

「當然知道啦！」弟弟從袋中拿出一張摺得不能再小的紙。打開一看，是一張畫滿了不同動物腳印的分辨圖。

他看得眼花繚亂，覺得分別不大，難以辨認。

「這個腳掌上有四隻分開的橢圓形的腳趾，腳趾上有尖尖的爪印的，是狼。這個形狀跟狼差不多但比較小一點的，是野狼。同樣是掌與四趾分開但沒有尖爪的，大一點的是美洲獅，小一點的是山貓。浣熊有尖爪但是趾與掌是連著的，如人的手印。熊掌就像人的腳印，有五隻腳趾，當然牠們有尖爪。狗就不用說啦。」

弟弟說的幾種動物，都是他們一般可以見到的野生動物。圖的最下方，還有另外框起了的獅子、老虎和大象。

「這些動物我們在北美沒有機會見到的，要到亞熱帶地方才可以看到。」姐姐一手把弟弟的圖拿去。然後二人來一番爭奪，一直往前跑走。

這一切把他從剛才驚嚇之中抽離，硬幣也不知跌到哪裏去，只好順著孩子的方向追上去。

已很久沒有車輛經過，他不禁懷疑他們是否迷路了。即使沒有怪獸，要是遇上狼或熊也不好吧。他憂心忡忡地邊回頭查看邊繼續追著孩子。

「爸爸，你奇奇怪怪鬼鬼祟祟的在後面幹甚麼？」女兒的話語帶嘲弄。

「我們要走快一點，跟雨比賽呀！」弟弟說。

「傻瓜，誰能跟雨比賽？鬥甚麼？你說！」姐姐不會放過任何一個機會去反擊弟弟，卻又忽然一起蹲下來看小松鼠在吃松果。孩子的世界實在美好，不怕風吹不怕雨淋，還隨時能鬥氣，隨時能看到吸引的東西而覺得好笑。而他卻神經兮兮的，好像看到四周都有兇猛動物隨時飛撲出來把他們吃掉。

山上到底有甚麼奇怪的魔力，搞得他好像不是平日的自己？他覺得自己真的變得很古怪。

松鼠以迅雷不及掩耳的速度不見了，向他們提示了警號。

突然在他們眼前無聲出現的，是一隻以慢動作姿態逐步走近的老虎。

他後退幾步，老虎直看著他的雙眼。時分秒停止了跳動。

老虎體型比電視看到的要大，雙目有神，黑橙相間的光滑毛色似是剛塗好還未乾的油彩，四肢粗壯看來正值盛年，相比起雙腿如上了鐵鉛的他來說，狀態懸殊太強烈。

「我們快走！」他竟也真的拔腿就跑，留下兩個孩子在後面。

轉念又想，遇上野生動物的第一戒就是切忌拔腿就跑！而且作為爸爸，怎可以被心中恐懼嚇得魂飛魄散而丟下孩子不顧？這實在太離譜了！爸爸的形象應該是強大的不能被動搖的連子彈也可以抵擋的！他何時變得如此軟弱？還是一直都是這樣，只是在日常相安無事尤其因為疫情而極少外出的日子，他的形象無從跟別人比較以致幾近無能而不自知？難道這個露營之旅是上天安排去暴露他的不濟？不，又怎能隨便推說是上天的安排？這旅程明明是由友人成全，明明是他自己作的決定！

爸爸！

孩子用力搖動他的臂。

「你在呆想甚麼啊？我們很餓了，快拿些食物出來吧。」

他看看四周，甚麼虎也沒有。

「老虎呢？」

「老甚麼？」

「剛才明明有一隻老虎就在我們面前的！」

「爸爸！」女兒叉著腰，手指指淘氣地說。「你是不是又想說那些冒險的故事？我們二人，在一個大雨滂沱的無人森林，走在一條不知通往哪裏的路上，半個人影也沒有，不幸遇上兇猛的野獸，然後說我們如何脫險？」

他大概是驚慌過度，神智未定，一時無法處理女兒的話。

「我不是想說你沒有說故事的天份，當然比起媽媽你的確差很遠，可是你的題材，唔，怎麼說呢，材料相當單一，而且零零碎碎，又不完整，結局往往十分古怪。而且這裏是北美，不會有老虎，即使你雙目呆滯，臉色蒼白，也很難叫我們信服你剛才看到老虎啊。」

他被女兒搞得莫名其妙。老虎？單一零碎？說故事？更奇怪的，是女兒的聲音，竟很像妻子。

是的，如果你想說一個引人入勝的故事，不管你用甚麼材料，設置於甚麼時空，最重要的，是要令人信服，以在可以理解的邏輯之下，製造足夠緊張的氣氛，一直保持人物的鮮活和觸感，真真假假，只要能夠投入它、相信它，就像餐牌上的美食圖片，平面也可以做到令人垂涎三尺的效果，文字所能描繪的立體空間，自然是更廣闊更豐富了。現在你無端搬出一隻老虎，跟整個故事的背景不配合，前後突兀很不暢順，上文下理發展不連接，連孩子都不相信了，跟《小王子》的老虎比較起來，你的老虎，唉，實在是難以達標。

他實實在在聽到的並不是女兒在說話，而是妻子的聲音。他呼吸急速，心臟亂跳。心內的疑懼達到沸點。

老虎？你記得我是虎年出生的？不如加入老虎乸？虎頭蛇尾？前怕狼後怕虎？不不不，你這次是明知山有虎偏向虎山行，所以騎虎難下，送羊入虎口……虎虎虎苦苦苦撫撫撫 fufufu……

妻子發出的聲音在他耳鼓內膨脹，嗡嗡作響，他頭痛欲裂，感覺自己即將崩潰。

「你們快來！我聽到瀑布了！」弟弟在前面大叫著。回音在山間來回，有邋鞦韆的愉悅感。

瀑布的聲音的確清晰可辨，似是近在咫尺，但舉頭四看又看不見遠近。

弟弟根據手繪地圖繼續引路，而事實上他並沒有崩潰。

山路變得陡峭，有些地方需要稍作攀爬，但無阻兩個小孩的決心。他在後面也更沒有停下來的理由，倉皇跟上，患得患失的心情，逐漸被瀑布的聲響覆蓋。

那本來是從天空落下的小雨滴，雨滴聚成溪，溪變成河，河水向下墜落，成為巨大的瀑布，澎湃壯麗，滴水可以穿石，改動山勢，發電，甚至殺人。

大自然的力量，難以形容。

在看到瀑布那一刻，他內心只有水的激盪，一片平靜。

孩子在欣賞旁邊流散成傘狀的水，水清如碧玉藏在潭的底部。他們把手指放進水去，冰冷的感覺令小手馬上縮回來。很難想像早兩天熱得幾百人死亡的天氣，山上瀑布竟如雪水般冷。

如果人們都能夠到山上來避暑，便能逃過厄運了？就這樣？

抬頭看到不遠的大石上，老虎又再出現，身旁還有兩隻幼虎。幼虎身後，站著這兩天三番四次出現的男子。

是他命不久矣而幻覺重重嗎？老虎為甚麼要跟著他們三人？是要像童話故事那樣吃

了他們做點心嗎？是像迪士尼電影那樣，動物為了人類破壞大自然而作出復仇嗎？還是因為這個熱得極不尋常的夏天，每天承受山火的威脅，令動物無所適從而引起非一般的行徑？

老虎與男子，一動不動的，像石像。

他深呼吸幾口，想說服自己，那是假象，於是閉起雙眼，期望張開眼睛時，老虎與男子會消失。但要相信自己看到幻覺需要少一點理智，而冰涼的由瀑布散開來的冷凍空氣刺激著他的理性。他自問感官運作如常，所有觸覺都很清晰，一切都不假。

他開始懷疑金耳山上疑幻疑真的一切，是有人刻意精心安排的。

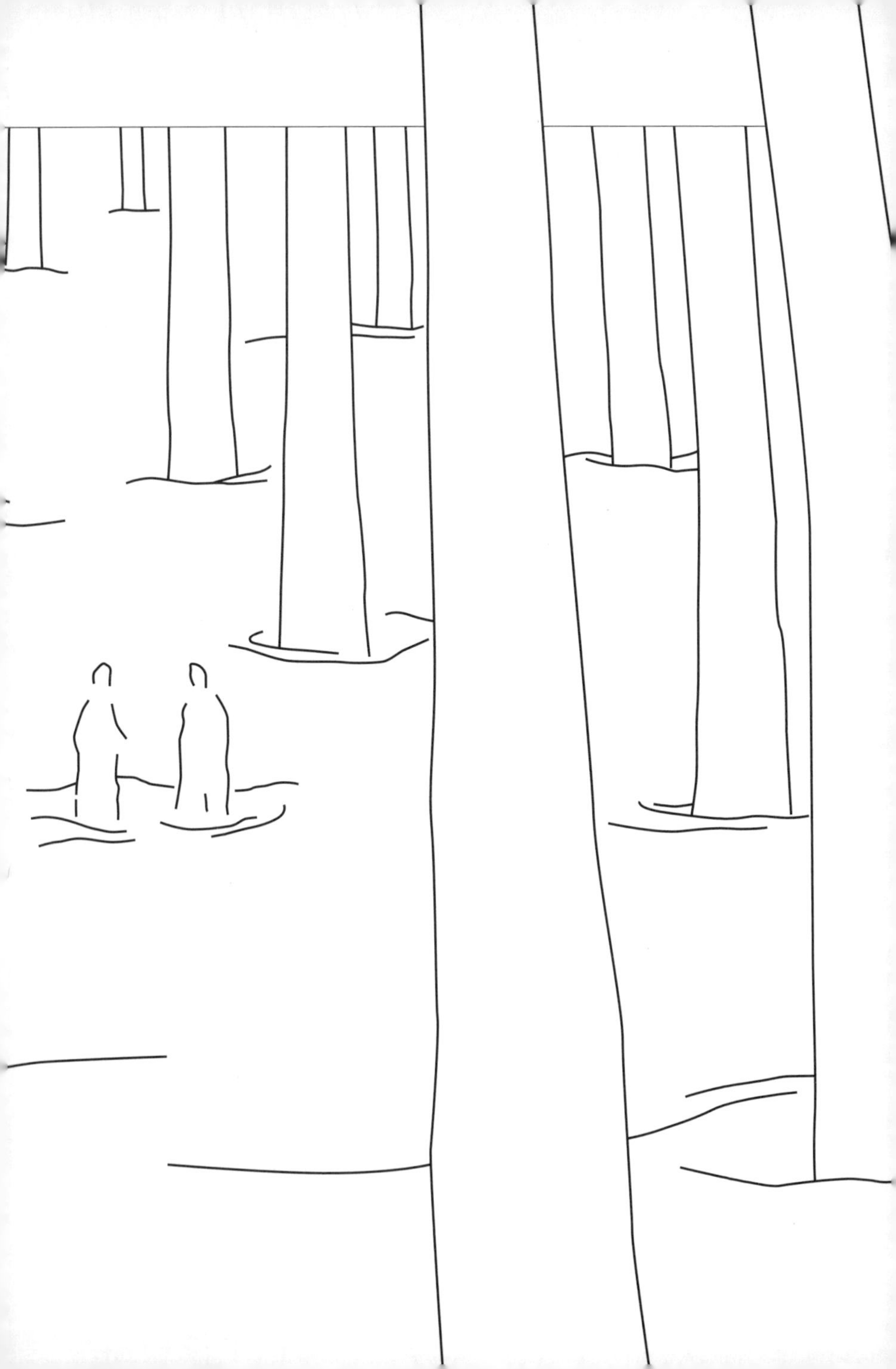

第三(夜)	Day 3 / Nighttime
水災	Flood / 19°C

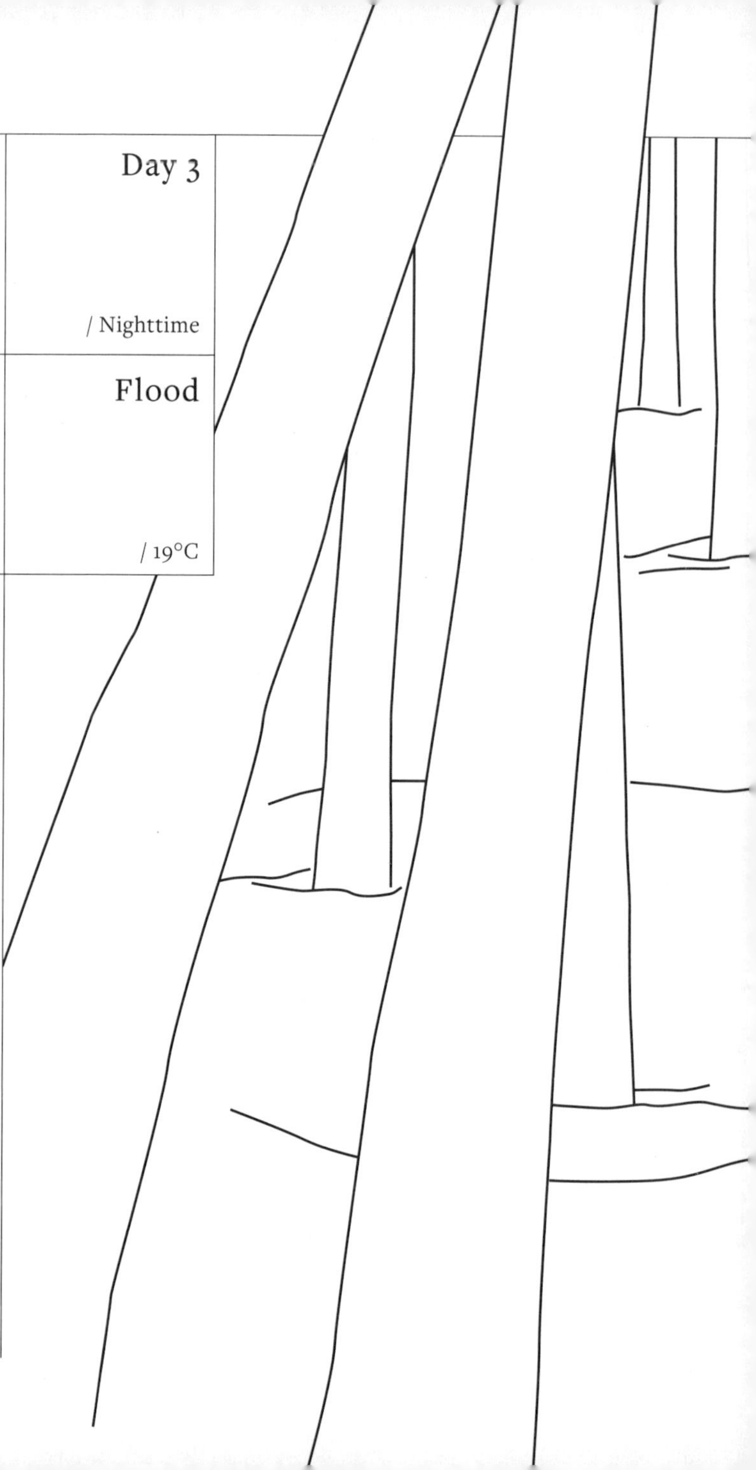

Golden Ears /1716 meters

終於來到最後一晚。

自在瀑布回來後，三人都濕透了，幸而溫度不算低，雨也暫停了一會。換了乾的衣物，想到明晚便可以回到家中，在有自己氣味的安樂窩睡覺，不禁有一種急不及待想快刀斬亂麻的感覺。草草安排孩子吃點東西，幾乎也就想催他們去睡覺了。

孩子依依不捨，爭取機會在樹林間尋找各樣東西玩。

瀑布崖上看到老虎一事，他沒有向孩子查問。

其實在瀑布區逗留期間，也陸續出現其他登山的人。男女老幼，本地的外來的，大家都在舉頭觀看震撼人心的大自然力量，忙於以電話和相機去拍下壯麗的景觀，沒有人對大石上一動不動的老虎有任何反應。遊人如織，有說有笑，更顯異常。

同時他不能自控地不斷回想妻子說話的聲音。她的話是那樣的清晰，語氣一如以往，不是別人可以隨便模仿的。他可以肯定那絕對是妻子的聲音無疑。而男子出現在老虎身後，又表示甚麼？

很想在離去前問個清楚，便趁著天未全黑，去隔鄰營地找男子。可是帶著孩子走了一圈再一圈，跟某家人打了兩次招呼，都沒有看到男子。

細心想想，這營地設備齊全，地勢對老人小孩來說都不算難應付，而且有管理員巡邏維持秩序及清潔，所以到來的都是一家大小的。單身的年輕人多會去比較偏遠、較有挑戰性的沒人管理的山頭露營吧？他覺得男子在這裏出現非常不合理了。又或者男子並不是一個人來？所以才找不到他？

回到自己的營地後，雨又下起來。他們狼狽不堪地趕緊將僅餘的乾淨衣物放進車內。聽著打落帳篷的滴答滴答聲，孩子高興極了。直到雨水開始湧入，他才知驚慌已太遲。睡袋、被單已保不住，照明的燈也因為滲入了水而失效。不知是冷還是緊張，他的身體開始抖震起來。

他閉上眼睛，很想用意志去告訴自己並不感到冷，很想克服不知是由理性還是感性而發出的感覺。如果人感覺痛可以是心理製造的反射，那冷可以是假的嗎？老虎的出現是幻覺，其他一切也可以是？包括現在外面聽來下得越來越張狂的雨，包括心中無法揮走的各種疑懼？

嘩啦嘩啦的雨勢突然加劇，像天在嚎啕大哭，一發不可收拾。為甚麼而嚎哭，天上的事無人知曉。他只知道水狠狠湧入，很快已到腳跟。

「我們快回到車去吧！快！」

他拉著兩個孩子衝出帳篷外，走了幾步，水已幾近及膝，四周一片灰濛，雨打在他的臉上令他睜不開眼。孩子向他大叫了句話，但被雨聲淹沒。

「甚麼？」他大聲吼叫。

孩子再說一遍。

「甚麼？」他再吼一次。

手一甩，孩子跑走了。

他馬上追上去，「回來呀！」卻已不見了孩子的蹤跡。他頓時發了狂，像失常的人。靈機一動，他跑到車上開動車頭燈，以為可以看得更清楚。

車頭燈卻映出兩道光線，只有更立體的雨水和霧氣。沒有孩子。

他大叫孩子的名字，卻只有暴雨聲敲打著他的臉和神經，彷彿在恥笑他。

眨眼間雨水已到了車門的高度，他必須馬上尋回孩子，否則……他不敢想否則，拍打了臉兩下以整頓情緒。

這不是可以崩潰混亂的時候！他獨自在車內大叫。

但是不能撇開的，是事情已經來到生死存亡的時刻了。可是孩子又不見了？昨晚不是發生過一樣的事情嗎？那是發夢嗎？還是那並不是夢，而現在才是夢？又或者兩個都是夢？孩子不可能連番走失吧？

他瘋狂地淌著水在營地尋找孩子，黑暗中遠處仍有點點燈光，是各家在忙亂收拾殘局？山林漆黑一片而且雨一直下，即使想在此時離開也只有進退不得，難以找到下山的路。

從沒有想過露營之旅，竟會變成如電影《侏羅紀公園》或末日災難片那樣。他以為即使露營未必輕鬆好玩，沒能如期望般消除壓力及日常煩瑣，孩子未有珍惜親近大自然的可貴，也未至於要面對生死。

說時遲那時快，水的高位已令他舉步維艱，一切文明的工具在此刻都失去效用。唯有雨不再下，唯有天的光亮，才能幫助他。

他無助地、失落地自言自語。只恨這不是夢一場。接近末日原來是這樣的。他竟忽然想到自拍一段證據，錄下生命中的最後倒數。

伸手進口袋，除了摸到快將死亡的手提電話，他的手指被一些尖角似的物件刺到。拿出來一看，竟是一張卡紙。像中學時代演講用的如掌般大小的長方硬卡紙。

親愛的爸爸：

現在你可以形容一下你的心情嗎？事情有沒有我們想像的混亂？你有想到甚麼更好的辦法找到我們嗎？不可能？不是的，這完全是可以由你去控制的。現在，這一刻，一切都在你手裏，不，是在你心裏，你心中的感覺是甚麼，你渴望得到甚麼。

你的孩子上

雨水落在卡紙上，把字跡溶化。

他早跟孩子說過，寫字不要用墨水原子筆的！他們總是不聽。而且字是深綠色，他一眼就看得出，是放在孩子書桌上由中文學校老師送的珍而重之的筆。

甚麼意思？在玩捉迷藏？這是一場遊戲？

一次在家中玩捉迷藏遊戲，由於孩子躲藏得太好了，一開始是感覺好玩，後來跑上跑下仍無法把他們找出來，感到氣餒了，直到認輸唯有大叫遊戲結束了你們出來吧，卻依然沒有孩子的身影，心情開始焦急，想到是不是有意外發生？他們是否跑到屋外了？最後發現孩子原來是累得睡著了。

現在他的心情，比起那次經驗當然慌亂一萬倍。在大雨滂沱的樹林中失去孩子，絕對不是遊戲。

有甚麼更好的辦法找到我們？換言之一切都是有人預先安排的？他只是一個被愚弄的可笑角色？小說的一隻棋子？這真是一座魔法山？

他伸手摸了摸最近的一棵樹，樹紋深刻，觸感尖銳，樹絕然是樹，在腿間流動的水，即使混和著樹葉垃圾和沙石，也絕對是水。只是現在似乎已不到他不相信，任何最荒謬的假設都有可能成立。

可是他相信甚麼不相信甚麼跟他尋回孩子又有甚麼關係？卡紙上問「你心中渴望得到甚麼」，那當然是孩子平安回來了！但他心中所想的，對現實困境完全沒幫助。他同時也想到，既然多荒謬多奇怪的事情都可以發生，那麼也一定有另類的方法去解決事情吧？

在奇蹟未出現之前，他只能繼續無目的地前行。走了幾分鐘，雨繼續下，天空仍然灰濛，情況沒有兩樣。他徹底地感到，自己困在一個無法醒來的惡夢之中。

有人重重拍了他肩膀一下，幾乎把他拍散。

「你這樣毫無計劃地亂走，有用嗎？」男子又再次在危急時候出現。

「你到底是誰！」他不客氣地抓著男子的衣領質問。

「我是誰現在重要嗎？你要分清楚你的首要任務是甚麼！眼前最重要的是找回孩子啊！」男子也激動了，說話的聲量比他更大。

「沒錯，你的身份現在並不重要，但是你三番四次在我們身邊出現……你很值得懷疑！」

「你用腦想想吧，我多次出現，有沒有加害過你們？你們有甚麼損失？為甚麼你到今時今日仍是那樣懵然不知自己應該在甚麼時候做甚麼事！你是孩子的爸爸，除了你，他們還有其他人可以依靠嗎？除了你，還有其他人他們可以信任嗎？你不要再這樣下去了！」

「你說你的身份不重要？但你是誰啊，你為甚麼要用這樣的語氣跟我說話？為甚麼要怪責我？我的孩子跟你有甚麼關係？你怎知道我是一個怎樣的爸爸？」

男子沒有再作出反駁，只搖了幾下頭。

二人站在大雨中，互望著，是未能看透的敵人，是患難中的盟友，是帶來奇蹟的使者，還是死神的化身。

到底男子是誰？他自己又是誰？

我知道你不知道的

／來自另一時空的信／6

「我知道你不知道的。」

你們記得嗎？那是我以往常常對你們說的話。現在你們應該已經長大了吧，我不妨老實告訴你，其實那是謊話。

沒錯，我的確是比你們知道得更多，因為你們所做的，絕大部份我已經做過了。所以你們想撒嬌、講大話、以發脾氣去吸引我的注意力，我全部都能看穿。

可是，當我說「我知道你不知道的」，我想得到的最大的效果，只是想宣示我在家中的主權，保障我自己比你們強大的形象，以致我在家中能成為絕對的領袖，好讓一個家能保持良好的運作，就這樣而已。你們以為我所知道的，是那樣的深不可測，無窮無盡，像擁有預知未來或看穿你們的心的超能力。讓我坦白地承認，你們學習的英文元音字母的長和短，我時常都分不清楚，每次我都要上網查核才能告訴你們正確的答案。我小時候學的方法跟現在你們學的是那樣的不同。而日後你們所知道的，一定會比我多很多。

知道得更多，很多，是不是一件好事呢？有時候，不知道的確比知道的好。就像那時疫情爆發的開始，我經常在電視機前看政府的新聞發佈，還將心比己，第一時間將最新消息傳給朋友。我以為在那提心吊膽的非常時期，大家都會想知道更多新的情況、防疫措施的改變。然而一天有位朋友回我說：「你知道那麼多，有用嗎？每天追看，能改變疫情嗎？不知道有多壞，不是更好嗎？」

自那天起，我便沒有再告訴那朋友有關疫情發展的新聞。而原來，那位朋友並不是唯一的。久而久之，越來越多朋友向我表示，多看無益，睡覺或吃好東西更重要。而能分享的人，也就越來越少。後來，我決定不再向任何人說了。我自己卻沒有停下來，我不是認為得到最快最新的消息有甚麼了不起。我只是無法甚麼都不知道地生活。我就是想堅持下去。

然而，堅持下去是為了甚麼？堅持下去會更快樂嗎？

「我知道你不知道的」，是作家導師在第二節課上提出的主題。

「你必須要在敘述上獨攬大權，時刻提醒自己是一個全能的全知者，以高高在上的姿態，向讀者拋下各種引子，各種蛛絲馬跡，賣盡各種關子，甚至不妨有玩弄讀者於指間的感覺。我知道你不知道的人物動向，故事發展，你繼續看下去，我便會告訴你更多。」

玩弄讀者於指間是怎樣的？我從來沒有想過。又有多少人在寫作時，會抱著這樣高高在上的心態？我對導師，沒有半點好感。

不過人有好奇心，那是不容置疑的，如果有人向你們說：「你知道嗎？……還是算了，不說了。」肯定會引來一番追問及猜測。欲知後事如何請看下回分解，是很好的吸引讀者追看故事的手法。尤其對於未來世界的預言、外太空生物的存在、他生世界的種種想像，都總是特別吸引。

著名文學作品赫胥黎的 *Brave New World*，中文譯作《美麗新世界》（但 brave 是否完全等於美麗？），是發表於一九三二年的作品，故事的時間場景設定於二五四〇年，作家預視未來的眼界，提到的基因工程、階級控制等，對後世是相當有意思的啟發及借鏡，對後來的作家也有很大的影響。如《一九八四》是作者 George Orwell 於一九四七年前後寫的，同樣是對未來世界的虛構想像。然後一九八四年，又有William Gibson寫的《神經漫遊者》（Neuromancer），場景設定大概是二〇三〇年之後的充滿人工智能的世界。那類作品，作者就能完完全全處於一個絕對的地位，情節推進可以不受現實或邏輯限制，只要作者想到的，都可以在紙上建構出來，完完全全把「我知道你不知道的」發揮到極致，實在是一個又好玩又便宜又不用負上甚麼大責任的遊戲。

對了，你們要視寫作如遊戲，好玩的遊戲。即使到了成年以後，寫作很可能無可避免地加入了某些道德和理念宣揚的意識在內，但心態上，在日常寫作上，也必須抱著一種玩遊戲的心態。因為一旦「遊戲」不好玩，就無法再寫下去了。

至於我那個未能完成的圖書館故事，我嘗試過把它放下不理，塵封在電腦內，仍是未有頭緒。我也試過看看電視劇暫時忘掉它，如大熱已久的韓劇（那就是之前說到的「不能避免地遇上」的情況之一）。那齣*Sisyphus: The Myth*，不停地重返過去，看得我欲罷不能，更令我又重看舊日的有關時光倒流的電影。荷里活《回到未來》的幾齣，我以前就迫你們陪我看了幾遍。你們對於回到八十年代、西部牛仔的感覺是怎樣的？那些你們不知道的歷史背景，其實也可以當作「未來」來看，至少潮流方面，時裝髮型眼鏡裝飾等都一直在復古！故事中的校園欺凌、弱肉強食、抗議市建清拆等主題一直也未有改變。那套比較暴力的《未來戰士》，你們大一點都值得一看，那是一個二〇二九年的未來人工智能機械人回到一九八四年去殺一個未出世的人的母親的故事，那是多麼的徹底的前瞻性的做法：只要殺了那個女人，孩子便不能來到世上拯救人類。但吊詭之處在於，以同樣方法回到過去，為了保護那女人的人類（男人），最後竟然就是孩子的父親。當時的我真有種被編劇玩弄的感覺啊！那麼未來就改變了過去？還是那「被未來改變的過去」本來就是注定了的？後來的續集，更期待了，終於順利長大了的孩子，在未來派了機械人回去保護「自己」及母親；同樣道理，他必然是注定會那樣做的，否則年輕時的自己被殺的話，也沒有了未來的自己了。所以，一切也盡在未來的掌握之中。

人們似乎對於時空交錯的電影特別喜愛，是不是因為人總有後悔的事？或總想預知未來，而改變現在？但有很多未來的事其實現在也能預料到的，如環境污染、破壞大自然生態的各種行為，不用水晶球也可以知道未來一定是日益嚴重，出現不可挽回的情況，卻又為何大家都似乎充耳不聞，不太積極地去「為現在」做點事？是因為我們都著重當下的利益及享受嗎？天氣熱便多買一台冷氣，於是地球越來越熱，冷氣機便越賣越多，惡性循環，難道都是無人能看見的未來？

我希望你們都沒有做出後悔的事來。

而恐怖的是，電影中的未來世界一般都將未來形容成殘破不堪的末日慘況，或已被電腦全面控制了，人類被大迫害或大屠殺或被利用。觀眾看來也頗接受，沒有反省的心，只有影評的幾粒星及票房作回應。

電影當然總比文字來得立體，有著名型男美女演員的各種造型設計，情感表達也可在眉宇之間全力流露予觀眾即時接收，說話的傳遞及語氣，配樂、特技、燈光、電腦效果等，一幅幅令人印象深刻的風景，可以留在人的腦中多年。文字作品比起電影則遜色很多吧。先要條件是讀者要識字。識字並不是理所當然的事呢，如你們祖母，就是一個完全不識字的人，但她每天都會聽收音機，看電視重播又重播的新聞，我敢說，電話騙徒是絕對無法向她下手的。可是，她並不能看書。

現在，你們又懂得多少中文字？而識字之後，也要喜歡文字，愛文字，才會看書。而會看書也不一定會看長篇大論的，因為生活節奏、文化習慣、市場效益等（對不起我又提到市場了），越來越少長篇的故事出現，一本連一本的短篇續集，似乎更易推銷。美國作者 Mary Pope Osborne 寫了一系列幾十本的兒童故事——《魔法樹屋》（*Magic Tree House*），每一本都回到過去甚至飛越未來不同的時代，是集冒險、科幻加歷史元素於一身的故事書系列。有年聖誕，我趁減價買了一套，放在樓下儲物室啡色櫃的最底層，你們在二、三年級的時候便應該適合看了。又或是你們現在已經不再是二、三年級了？也不要緊，長大了也可以看相對淺易的書的，正如大人也會看漫畫和畫冊一樣。

未來的事，自是無人能知曉，而過去也注定永遠無法改變，這是科學怎樣一日千里仍未能做到的。即使是小說和電影那些虛構的故事，往往也只有回到過去之後發現未來不可扭轉的遺憾。我真的不敢想像，如果一切可以重來，或者人類能預早得知明天的事，世界將會怎樣。又或者人類都太看重自己，其實天外有天，有更高智慧的生物一直在監視甚至鄙視人類的一切？宇宙之大，我的確相信是無奇不有。在這樣的設定之下，現在寫下的每一字都顯得何等渺小，不比微塵。

無知的人類，只能利用虛構的場景，去假裝有預知的能力。而觀看的人，雖然明知是假的，卻也一而再去投入相信，並樂在其中！

當然，吸引人的不一定是未來的事。過去的事或現在的事也可以同樣吸引。

我知道你不知道的還有，人生並不一定能如願般進行，長生不老永遠只是永不能實現的神話，事到如今，我只能把我的所有——已知的、未知的故事，從遙遠的距離告訴你們。如果，終有一天你們讀到這裏，希望你們不要太驚訝，或感到無助。

剩下最後一節課了，看來我怎樣盡力，也無法把事情說得輕鬆好笑了。

而將來你們會成為老師或設計師，都是未知之數。但是我知道你們不知道的，就是你們擁有一顆非常純真的、可愛的善良的心，那是無從刻意塑造，無法隨便模仿的。

請記著你們獨特之處，這方面我的確比你們知道的更多啊！

蜜蜂與條紋

最後由誰先破冰說出第一句話，現在已不復記憶了。

但在沒有分明的陣營，在相對的、充滿未知之數的情況下，他沒有忘記尋找孩子是他目前唯一的任務。

沒有足跡可尋，沒有路人可問，沒有明燈輔助，沒有神靈指點，他仰頭向天，讓雨打在臉上，口中唸唸有詞，然後伸手入口袋，空空如也。低下頭來，再找另一個口袋，竟真有所獲。

第二張卡紙跟第一張是一樣大小及款式，筆也是那支他認得的墨水筆。上面寫道：

親愛的爸爸：

你心情還好嗎？想到怎樣找到我們了嗎？第三輯的小鼴鼠有一本《小鼴鼠妙妙和大老鷹》，是關於水災的，這跟現在你身處的情況是不是很相似？小鼴鼠在大水災中，看到一隻幼鷹在水中漂流，心地善良的妙妙馬上把牠救起，及時幫助幼鷹脫險。

如果我們就是那隻幼鷹，又有沒有好心腸的小鼴鼠來幫我們解困？

等待你的孩子上

他以為第二張卡紙，會比較「有建設性」，可以提供一些孩子身在何處的線索。怎料內容拖拖拉拉的，還拋出更多的問題！

男子在他身後冷笑了一聲。「看來你一點辦法也沒有，即使有卡紙提示。」

「那些卡紙根本沒有甚麼提示，很可能只是孩子早放在我口袋中的遊戲。」他很沮喪，但不想在男子面前哭。

水位越漲越高，快要及腰。

「未到最後，我們也不可以放棄。不，或者說，即使到了最後，我們也不可以放棄，總會有下一步的。」

男子拍了拍他的肩，開步引路。他心神恍惚的跟著走，也不知要走到哪。

他胡思亂想到一個地步，開始相信這一切只是一個局，是被人老早安排好的真人秀實驗，目的為何不清楚，但他覺得事情的發展跟所有兒童故事理應類同，正如孩子喜歡的《魔法樹屋》系列，如果主角遇上厄運無法脫險，又怎有下一本？

想到那套買不到的小鼴鼠書，心中懷恨。要是能買到的話，便能夠得知故事的發展，小鼴鼠用了甚麼方法去拯救幼鷹，最後能否安全回家，是否大團圓結局等等。不過，收到的第一輯的小鼴鼠筆觸都是可愛的，即使遇上困境也總能迎刃而解的，那第二及第三輯，由同一個作者執筆的話應該也大同小異吧？除

非作者突然改變風格？但既然是暢銷讀物，一般也沒有大幅改變的理由，否則便違反了能繼續暢銷的元素。那麼，孩子都會安然無恙地回來他身邊？這一切都只是有驚無險？那麼他便可以放心，甚至靜待天亮，暴雨便會離去，然後撥開雲霧見青天，一切回復正常，四周鳥語花香，兩個孩子也會蹦蹦跳跳地回來？

然而失去孩子的感覺如切膚之痛，他無法不理會，就那樣當是童話故事一樁，安坐下來靜候完美結局的來臨。

他的心揪著痛，孩子，你們在哪裏？他心中實在恨這場暴雨。

「你以為天氣反常，都沒有原因的？早幾天才破紀錄的酷熱天氣，現在急降豪雨，接下來會是甚麼？」男子回頭說。

他恨男子把思維拉回現場，人類令全球氣溫急升，天氣異常，不是他現在想聽到的環保議題。

「你住在哪裏？」他靈機一動，既然男子不肯說出自己的身份，不如問他家住何處，所謂「告訴我你住在哪，我就能說出你是誰」。

男子停下腳步。

「我到了，我住的地方。」

黑暗中隱約看到是一個營地的所在，帳篷及各種用具已被大雨沖得難以辨認，但他認得出樹上有女兒妙妙的太陽帽。

他不能相信自己的耳朵，或眼睛。再看到釘在樹幹上的營地號碼，正是他們的號碼。

「你住在這裏？你把我的孩子怎樣了？你是誰？你是變態的？」他想拿起一些東西作武器，但身邊除了雨水和樹葉，沒甚麼能作攻擊的工具。

「你又來了，又是這副衝動的德性。你想打人，卻不知道自己沒有武器，但又已經先撩起對方，打草驚蛇了，萬一我真的是變態殺手，那你現在怎樣？」

他又震驚又憤怒。

男子伸手進口袋，他以為拿出的會是利刀或槍。

「你看了再說吧。」男子遞給他另一張卡紙。

親愛的（氣急敗壞的）爸爸：

你還未找到我們啊！這個任務很艱苦嗎？對不起，我們也沒想到會這樣的，一切發展都不是我們能夠控制，故事是屬於你的，即使這不是古老神話，也不接近典型的冒險故事，但這場露營之旅來到此刻，已經變成一個由你創造的，夢的舞台，舞台上有你，有我們，是絕對值得紀念，書寫下來並流傳開去的。

仍然在等待你的孩子上

由他創造的舞台。簡直是鬼話連篇！他抖動的手緊握著卡紙。

「這是個甚麼鬼舞台？有佈景板嗎？有演員嗎？有燈光有音響效果有觀眾入場嗎？」他咆吼起來，把變軟的卡紙撕碎，擲向男子，但因為太濕太重而跌落在水中，隨即被沖走。他即使很想也不能像電影主角那樣跪地痛哭，水已到了他的胸腹。他感到呼吸的壓力，不知是由水壓還是心理造成。

「孩子在哪裏？你看不到嗎？」男子格格地笑起來，聲音詭異，越笑越高音，像女鬼。然後不見了。

他一個人站在那裏，雨打在眼簾上，他不能自已地把眼瞇起。看，我連自己的眼睛都控制不了，眼前幾呎的東西都看不到，還能怎樣找孩子，怎樣創造舞台！

他仰天大叫。

就這樣，像是因為他的大叫所致，雨忽然停了。

一陣強烈的刺痛在他額上出現。他本能地用手摸了摸，竟摸到一隻昆蟲。

那是一隻蜜蜂。

他的額馬上腫脹起來，劇痛令他所有感官清晰無比。可惡的蜜蜂竟還在他頭上徘徊不去，好像他就是牠的獵物。

小孩的沙灘桶子漂來，他隨手拿起桶丟向樹。樹幹上釘有另一張卡紙。

親愛的（應該很沮喪的）爸爸：

媽媽曾經跟我們說過一個故事。

從前有一隻小蜜蜂很愛自己的條紋，但牠覺得不夠，於是牠去問斑馬，怎樣可以有如牠一樣多的條紋。斑馬說，牠本來是全啡色的，有一天在一座鋼琴前走過，琴鍵的黑白便跑到牠身上去。如果你能相信，那甚麼都可以相信了！斑馬哈哈大笑地走了。然後小蜜蜂遇上了一隻大貓，其實是老虎。牠問老虎，如何能有像牠身上的條紋。老虎說，牠本來是全黃色的，小時候有一天牠玩一個黑色的線球時被縛了起來，之後牠便有了身上的黑色間條了。如果你能相信，那甚麼都可以相信了！老虎哈哈大笑地走了。然後小蜜蜂遇上了一條以為是蟲的蛇。牠問蛇，身上的條紋是如何得來的。蛇說，牠本來是全黑的，有一天走過馬路，交通燈正由紅變綠，到了對面後，牠發現自己全身變成了紅綠相間。如果你能相信，那甚麼都可以相信了！說罷，蛇哈哈大笑地爬走了。然後小蜜蜂走啊走啊，遇上了一隻松鼠，但其實是環尾狐猴。小蜜蜂問環尾狐猴，那麼漂亮的十三條橫紋相間的尾巴是怎樣得來的。環尾狐猴回答，牠的尾巴本來是全白色的，有一天牠跟朋友一起玩拋環遊戲，朋友把牠的尾巴當作目標把環拋到牠的尾巴上，但後來塞住了，拔出來以後就有了十三截不同的顏色。如果你能相信，那甚麼都可以相信了！說罷，環尾狐猴大笑著離開了。

其實可以很聰明又很沮喪的爸爸，你覺得小蜜蜂應不應該相信那些動物呢？

還未被你尋回的孩子上

因為字很多，迫在細小的卡紙上變得密密麻麻，很不好讀。

他第一次比較冷靜地回想這幾天發生的事。第一晚看到的山火、划艇到小島、營地迷路、往瀑布路上見到老虎，到眼前的水災，是不是有點太過份？電影也沒那麼緊湊吧。而那小蜜蜂信不信其他動物的話又如何？跟尋回孩子有甚麼關係？還有多番出現的身份不明的男子。

他十分後悔沒有好好準備這趟旅程，例如先在互聯網上仔細查看一下，可能這座山真的有幽靈或魔法存在。譬如說，現在置身其中的洪水以飛快的速度急速退去，像是有人開動了全速大型抽水器那樣，他的身後甚至捲起了旋渦，不過並沒有像童話故事那樣戲劇化地被捲進去。但沒有被捲進去，也就代表眼前的事沒有變得更虛幻，而失蹤了的孩子依然是失蹤了。

砰的一聲，車門被踢開。

「爸爸，我們在車上你這樣也找不到我們！」孩子笑得腰九十度彎起來。

他說不出半句話。

兒子說：「那個故事最後，是小蜜蜂試驗了各種動物說的方法也不成功，幸得老蜜蜂去安慰牠。但你千萬別要問我故事的中心思想是甚麼，那是我的弱項啊。」

幸有姐姐作補充：「中心思想就是，別要尋找那夢中的藍色小花啊！」

因為，萬一那朵花根本不是藍色，萬一那朵根本不是花，萬一那根本不是夢，而是真實的花，而且在後院已種滿了，而你卻沒看到。

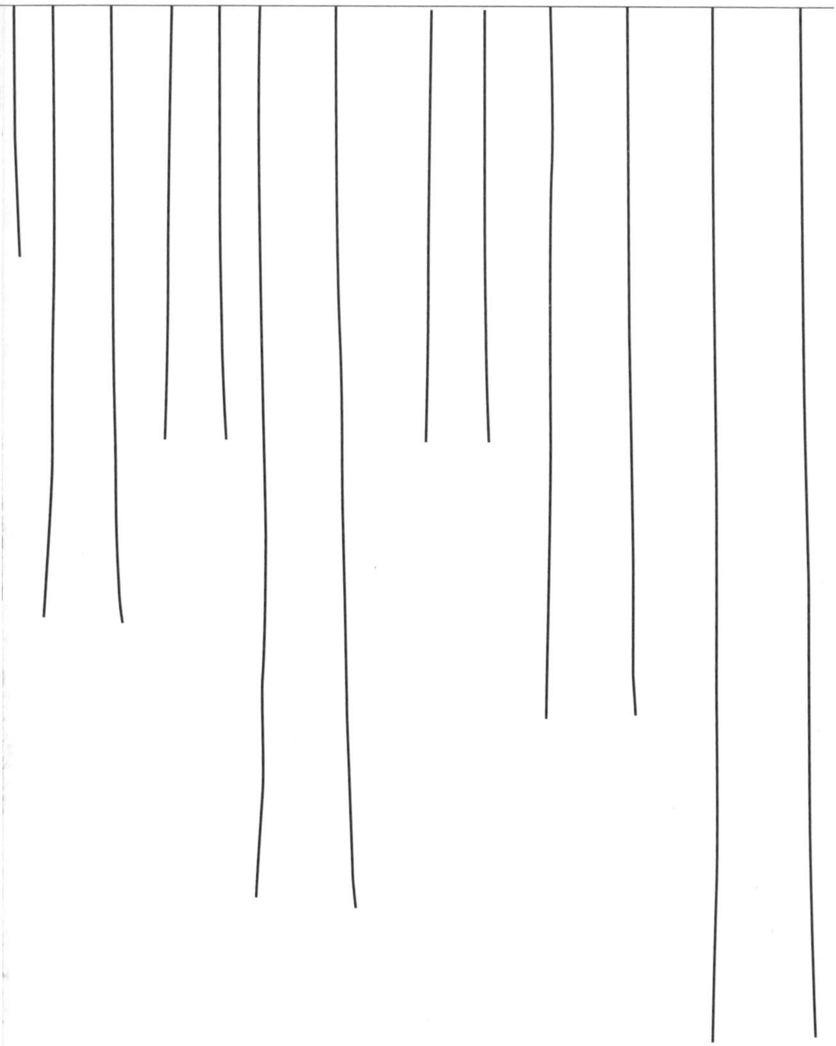

第四(日) Day 4

/ Daytime

離開 Leaving

/ 22°C

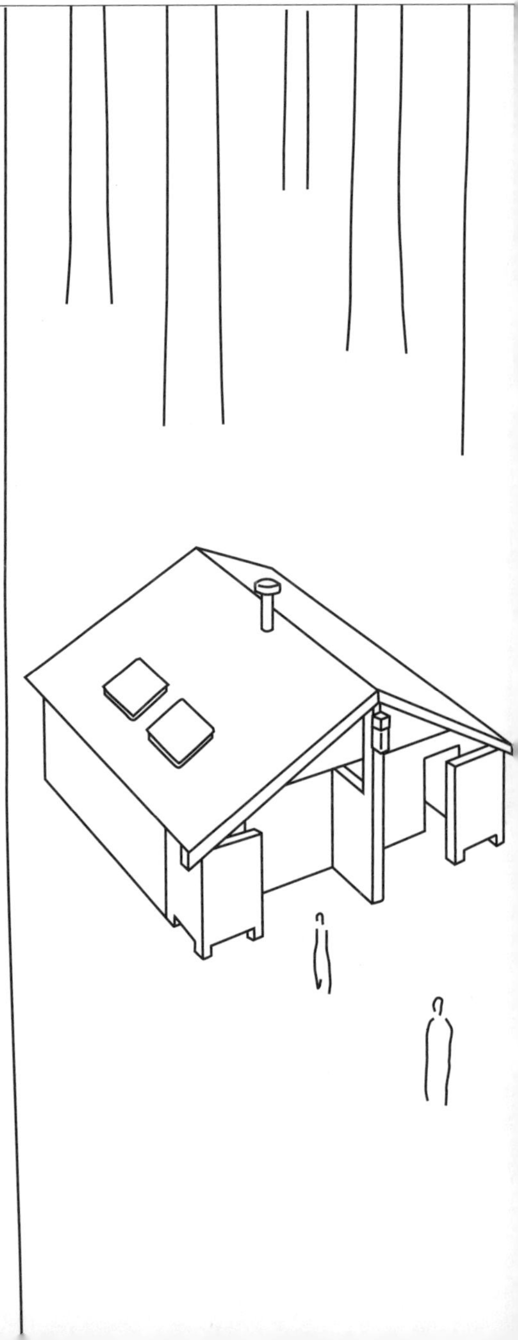

Golden Ears /1716 meters

強烈的刺痛在他額上出現。他本能地用手摸了摸，摸到一隻昆蟲。

那是一隻蜜蜂。在他頭上徘徊不去。

他的額馬上腫脹起來。像是 déjà vu[1] 那樣感覺似曾相識。

可惡的蜜蜂竟不肯離去，好像他就是牠的獵物。

除了蜜蜂，此刻他看到的，是陽光猛烈，一切原好的營地。他看看地上，完全沒有大水沖洗的痕跡，帳篷及各種用具甚至衣物等，也擺放整齊，絕無異樣。然而孩子卻不在身邊。

他馬上開車到其他營地，看到一家大小在執拾行裝，便跑過去問：「請問……昨晚……下大雨……水災很嚴重，是嗎？」他根本不知從何說起，抖不出一個完整的問題。

「現在是幾號？幾點了？我的手錶和電話在水災時壞掉了。」見人家不回答他，他又問了幾個問題。

那對夫婦奇怪地互看對方，跳過那水災的問題，只把日期和時間說出。

「已經九點了？那麼你們有沒有看到兩個小孩，一個四歲，一個六歲。」

夫婦表示沒有。

「我是說真的，不是講笑的，我意思是，我想，我兩個孩子真的不見了！這次是真的了！」

1 編注：法文，意思是似曾經歷的感覺。

夫婦覺得此人莫名其妙，建議找管理員幫忙吧，他們也愛莫能助，便忙自己的事情去。

他精神恍惚地回到自己的營地，整頓一下思路。

營地仍有孩子的各樣物品，證明三人露營之旅是確實存在的。而昨晚大水之後，孩子不是都已經回來了嗎？可是現在孩子都到哪裏了？他努力回想與孩子一起的最後時間，竟無法追溯成功。

那隻蜜蜂卻跟他過不去，在他頭上纏繞不休。嗡嗡嗡作響，似在宣戰。他隨手拿起孩子玩沙的桶揮動，又拿起孩子的玩具水槍向蜜蜂射水，都驅趕不成功。甚麼事情令蜜蜂這樣強頑？他身上又沒有甜的食物！

「我說，我身上沒有食物！」他發了狂似的向蜜蜂大叫，引來露營人士的注目。

他想到不如回到山下去報警。或者有了電話網絡，一切自然會迎刃而解？反正今天已是露營的最後一天，按照現實情況，他們必須在中午前離開。新一批露營人士又會進駐。可是要他丟下孩子自己下山，他是萬分不願意。要是孩子在他離去後回來，看不到爸爸看不到自己的帳篷，一定會很害怕。走失已經夠糟了，若果發現根本沒有人在等他們回來，肯定會非常傷心吧。

額上被蜜蜂針刺的地方劇痛非常，每一下脈搏跳動都感到傷口在膨脹。

他想到去公廁以凍水洗洗臉，來減輕腫痛感。

上午九時的公廁水靜鵝飛，有點出乎意料。用水沖傷口幾分鐘後，他看到那面又舊又矇的鏡中的自己的樣子，竟感到很陌生。是頭髮長了？眼圈太黑了？瘦了？臉有水腫？是對哪個部份感到陌生，他無法說出來。

公廁外有人用水喉在地上洗碗，感覺也是奇奇怪怪。那些人像是慢動作地，生怕會摔破全世界最名貴的珍藏那樣，並全神貫注在洗刷。

突然一個年輕的像是大學畢業生年紀的女子從公廁走出來，他馬上欠身避免尷尬，卻有一把聲音傳來。

「其實你不用陪我來的。」

他繼續看著那家人在奇奇怪怪地洗碗。

「我說，其實你不用陪我來的。」那把女聲又在他身後響起。

他下意識地回頭看，定睛地看，再三地看，那人髮長及腰，沒有半點成熟的打扮，沒有化妝更沒有修眉，但奇怪的是那人竟跟他的妻子十分相似，只是身材比較纖瘦，皮膚較黑，像個喜愛戶外活動的人。

「你聽到我說話嗎？」

「你在跟我說話嗎？」

女子雙眼向上滾，嘴角微微抖動並向下彎。

「不是跟你說話那跟誰說話？」

他看著女子不明所以，覺得魔法又來了，但事過幾天，好像已有點習慣。他心想，這次會是甚麼把戲？這女子有何目的，還是天降貴人？

「那麼，你想跟我說甚麼？」他試探著這個很像妻子但又不是妻子的人，又想到，難道有人一早看穿了他的一切，在他腦中偷取妻子的記憶然後加以設計？又或者取得的資料不完整，以致版本有點出入。

女子聽後，更氣了。

「所以說，你常常聽不到我的話！」

「那聽不到你的話，會怎樣？」他說的「會怎樣」，是「我會有甚麼下場或奇怪後果」的意思。可是女子聽到的，卻是另一番意思。

「會怎樣？你覺得我很煩，是不是！」女子單方面提高了語調，雙眼也睜大了不少。旁邊在洗碗的人，不知是假裝若無其事還是真心沒興趣，繼續專注地洗碗。大的碗小的碗，好像有洗之不盡的碗。

「為甚麼我會覺得你煩？你……到底是誰？」

女子更生氣了，連眼睛也紅了起來，轉身急步走回女廁。

他呆若木雞站在原地，瞥見四周沒有天搖地動，也沒有禽鳥走獸亂飛等怪現象。等了一會，好像甚麼都沒有發生。

然後女廁走出另一個同樣跟妻子很像，但卻更年輕的女孩，身材更纖瘦，大概十五六、七，以青澀的走路姿態正向他走去。

「其實你不用陪我來的。」

Déjà vu 又出現。他努力保持鎮定，深呼吸幾口。

「我說，其實你不用陪我來的。」

他強裝繼續在看人洗碗。

「你聽到我說話嗎？」

「你在跟我說話嗎？」他知道這一幕避無可避。

「不是跟你說話那跟誰說話？我們走吧。」

這個女孩眼睛並沒有往上反，態度較之前那女子溫柔得多。難道那個控制著魔法的力量看穿了他的喜好，刻意迎合他？

他跟著年輕女孩在營地範圍內走，洗碗的聲音在樹梢間慢慢被吸去。女孩往前快走了幾步，回頭看著他，笑容比正在盛放的花更燦爛，向上彎的眼睛藏著純真的電波，好像擁有溶化一切噩運的力量，酒窩在臉上淺淺的發揮著叫醒大自然的作用。她走過的地方的生物，像都馬上被喚醒，被充了電，被施了法，被迷倒。這是他在幾天內第一次感到心情有種無比輕鬆的感覺。

女孩一轉身，頭上彷彿有樹葉被人刻意搖落，整個天空一時灑滿黃葉。那麼早就有黃葉了？記得來的時候也沒看到。一棵老樹椿長滿了藤蔓和蘑菇。藤蔓已經長得縱橫交錯，地面的蘑菇大小不一，高矮肥瘦，有些菌蓋如一把大太陽遮，有的則相反，形狀像被風吹反了的雨傘；有獨個兒以鮮紅的斑駁顏色在爭奇鬥艷，有十幾個幼弱的非常努力爭取僅餘的生存空間；有扁平的像椅子，有尖尖的像鐵鎚。各有顏色深淺，菌褶也有不同的各種呈紙扇狀的與菌柄相連接的狀態。

他看著千奇百怪的蘑菇，深感著迷，像個孩子那樣蹲下來仔細地看。

記得女兒曾提過老師說全世界菌類有一百五十萬種之多，而人們會吃的大約只有二十種，因應各地生長和貿易情況，在本地超市能買到的很可能只有幾種。

想到孩子，不知他們現在怎樣。

女孩看到他沒有跟上來，便走回去說：「為甚麼停下來？」

他沒有回答，隨即馬上又跟上。

幾步之後，忽然輪到她停下腳步。

「為甚麼在這裏停下？」他有點失措，很想繼續沉醉在那種無憂無慮之中。

「我們到了。」

他四周看看，不就是他們原來的營地？

然後她說出一句令他像被電擊的話。

「爸爸，我已經很肚餓了。」

故事要開始了

／來自另一時空的信／7

終於來到這裏！我希望可以很開心地跟你們說：故事要即將開始了！

是的，故事要開始了，因為我要記下寫作課的第一課。

你們都長大了，找到想做的事，發展自己感興趣的專長嗎？這是人生很重要的一點，比起找到薪金高的政府工，或社會大眾認為是能賺錢的職業更重要。工作需要有自己喜愛的成份在內，對工作欠缺了熱情或只是因為其他有利的因素而去選擇它，想必定會浪費了寶貴的人生；雖然喜愛的工作不一定能帶來豐厚的收入，雖然得到安穩的富裕生活也的確很吸引，但多少人有著被人羨慕的生活卻感到生活空虛及有所欠缺？我相信為數也不少的。

那套《小鼴鼠妙妙奇遇記》，你們都有機會看到嗎？喜歡嗎？那是一個我在香港的好朋友說要送給你們的，然而他說了很久，不知道最後到底有沒有寄出。

親愛的小朋友：

我第一次畫小鼴鼠妙妙，已經是很久以前的事了。可是當時的情景，仍然很鮮明，就像今天發生的。那時，我幫妙妙畫了一頂帽子，可是他立刻把帽子丟掉，從紙上跑出來，坐在桌子邊緣，對我說：「我不要帽子，畫一把鏟子給我。」我驚奇極了，於是幫妙妙畫了鏟子。「做得好，我看起來很不錯吧！」妙妙感激地說，說完高高興興地又回到紙上。於是妙妙沒戴帽子，他有了一把鏟子。從那時起，我和妙妙經常玩這樣的遊戲。

愛你們的米勒爾爺爺

這段由作者寫的介紹文字，你們會覺得太誇張了嗎？就那樣直接說小鼴鼠是從紙的世界跑到真實世界的會說話的人物，不是難以令人信服嗎？讀著小鼴鼠的書，你們會否覺得他真的把效果做到了？又或者，你們會有個錯覺，是現實的人物跑到紙的世界去？

現在的世界夠真實嗎？你們覺得真實是怎樣的？然而真相往往總是殘酷、不美好，令人不想去面對它，所以人們又想盡辦法，去令日常變得抽離一點，脫離現實一點。從網絡虛擬遊戲到電影，從小說到那些一天便可以傳遍全世界的明知是假的網上短片以至假新聞，人們需要的是甚麼，想聽到甚麼，更真或更假，才會覺得舒適並且合理？而必須照顧到的是每個人的感覺不一，要吞下紅色還是藍色藥丸這個問題，每個人在不同階段也許會有不同的考慮及決定。

說回書吧，你們最喜歡讀書了。小說是一個很好的讓人「逃離現實的地方」。既方便又便宜，小孩的讀物由幾元到十幾元，便可以讓你們投入半天。記得我小時候很喜歡看漫畫，由本地比較低俗的到外國的都有，有一套書印象特別深刻，名叫《娃娃看天下：瑪法達的世界》，作者是阿根延漫畫家 Quino。我忘記是如何得到那一套漫畫書，只記得當時那套書已經是十分殘舊，但肯定不是我的姐姐把它們搞成那樣的，因為你們的姨媽不愛看書。而我當時也沒有留心誰是作者，年幼的我還以為六歲的瑪法達便是真正的執筆人，她那種愛發問、觸覺敏銳、關心世界和平、民主、公義甚至女權的品格，現在回想，當時已吸引著年紀小小的我。雖然我根本不真的明白，但一格一格地看，莫名其妙地，好像真的明白了一些東西。那套書的譯者，是著名作家三毛。三毛也是一個有名的作家，她的人生充滿傳奇性，寫下了不少異國情調的各種生死相愛的故事，我大概在小學時代就曾經看過的，但已經忘記了，也可能是我根本在不合適的年紀看了不合適的書。

你們那麼喜愛閱讀，將來一定會接觸到很多有影響力的作家，令人深受啟發的作品。你們先不用理會，兒童作品本來就很少加入理論或富爭議性的時事元素，但當然不等於成人讀物就一定要顧及那些層面，我自己對於那些主義和理論就老是記不住，往往是明白過後就很快忘記了。學習理論當然有助分析作品背後的文化及時代的影響，曾經也有在寫作時想刻意做到，不過我覺得都不太稱心滿意，感覺不順利，甚至感到有點討厭。沒有了明顯的理論支持，故事就不成立了嗎？沒有了有名堂的技巧運用就寫不出吸引的故事嗎？再者，即使用上了各種堂而皇之的方法，也不一定能使故事變得更好。其實在下筆時能否把作品完成，一直也是未知之數，即使有幸完成了，也有機會因為不滿意，或拖拉太久而想全盤推倒或大篇幅地重寫。

我寫的故事，都挖不出甚麼主義理論吧，算是受其他作品啟發嗎？二次創作嗎？各種錯開的故事線合乎邏輯嗎？自然科學材料充足嗎？我認為都說不上，但都不管了，也不用管市場了。你們會認同媽媽的作品吧？我知道你們一定會，正如你們寫的作品，我也一定會欣賞。

市場是人做出來的，你們也可以是市場的創造者，很希望你們能保持一顆純真的心，面對自己內心的感覺，寫出自己覺得最有價值的就是了。這是我最想向你們說明的事情。

希望有價值的，還有那網上寫作課。

那時候我猶豫了很久，該不該在疫情期間多此一舉，去投入一下受追捧的網課。

就在我在網上看韓國男明星的最新緋聞時，突然被一個由著名美國作家拍的植入廣告打斷，作家的名字跟我一樣是Joyce。她已經很老，白色的鬈髮，瘦削的臉配上看來頗大的眼鏡，青筋暴現的手，說話相當的有力、閒靜、沉穩，至少在鏡頭前的她是這樣。未看她的小說，廣告已發揮出一種如魔力的東西，一種令人值得花兩分鐘去看完整個廣告的力度。當時我情不自禁地，按下了網站的連結，彈出的網站內有各種各樣的課程，我很自然地選了「寫作」，打開後有不同的作家的短片呈現在眼前。驚慄小說作家、舞台劇作家、長篇文學小說家、短篇散文家、詩人，都是無人不曉的暢銷榜上的名字。我沒有隨意但有點不能自控地，點擊了長篇小說家的一欄，又有一群作家在我面前向我招手。我竟然都花時間逐一點擊了一次，把他們的話都認真聽了一遍，很可能還邊聽邊點頭或搖頭，對他們的意見作出反應。他們都從不同的角度去說出寫作常見的問題，幾句剪接式的一針見血的意見，效果有像當頭棒喝的至理名言、喇叭傳出烙在人心的警世金句，聽來頭頭是道，想深一層又像老生常談，而且看看學費一欄，不意外地是相當昂貴，實在不敢高攀那種與名作家共度時光的機會。後來在互聯網其他網站轉來轉去，看到一個相對便宜很多的寫作課程，便退而求其次狠下心參加了。

而原來那其實就是我人生能夠參加的最後的課了。

第一節課的內容會是甚麼？自我介紹？會不會給大家一張書單，叫人回去看書然後討論？如果是那樣，真的像回到大學時代。又如果是要回到大學時代的寫作課，那麼又何必去參加這種課程？我覺得我在付款後，思緒越來越混亂了，心中一直在衡量所付的會否付諸東流，而且大學寫作課的回憶竟像洪水決堤般湧出。

對了，關於我大學時代的寫作課，關於那影響我日後人生的重要寫作課，也有一段很長的故事值得分享的。我是很想把自己過去的，感覺有重要價值的東西，留給你們作參考，作借鏡。當然，也絕不一定是十分有用的東西，很可能是完全無用的，甚至某程度上是反面教材。但來到這裏，恕我不能面對面向你們細說了。也許在未來的某一天，在偶然的機會下，你們會讀到我那些塵封的私密日記。我只能這樣說了。

而我的寫作實驗來到這裏也要終結了。從尾寫到開首的最大意義，是想避免了面對結局的不情願，那種快要沒有下一頁了、要合上故事跟角色說再見了，不想有就此完結的悲哀。

回到起點放下最重要遺物然後壯麗地離場的三文魚，一生抱著把寄望延續下去的使命，而故事現在才來到開首，你們不想說再見的話，大可以把故事繼續說下去，那就是另一故事的開始，那就不用告別了。而我努力想把事情說得輕鬆一點的實驗，也注定失敗了。

然而寫作實驗的重要性在哪裏？我極力想以另外的方法去描繪一個人物或鋪排另一個異常的時空的意義在哪裏？寫作的世界應該有甚麼？而我欠缺了甚麼？如果

原地踏步，那麼我就是退步了嗎？我只有在寫作時才能感到自己的存在？還是因為我具體地確實存在了所以我才能好好寫作？這就像你們問我先有雞還是先有蛋的問題，是哲學的問題，是寫作倫理的問題，還是測試出一個人心理健康指數的問題？沒有實體存在狀態的我，能透過不同的渠道和方法說故事嗎？你們又會接收到嗎？

我雖然是你們的媽媽，然而有很多很多問題，我都是沒有答案的。

只是，沒辦法了，要擔憂或後悔已經太遲了。不得不如此了。往後的故事，就由你們去續說，我肯定永遠也在聽。

就索性把我那些寫作課都忘記吧。

人生有很多奇遇，我未能一一向你們細說。你們的奇遇，就留待你們去尋找，去發現，去感受吧。

如果你們有惱媽媽的，我只能說聲對不起。奇遇的內容，也不是我可以控制的。就這樣了，是的，你們都要記得多喝水，和去洗手間。

還有，愛弟弟，愛姐姐，愛爸爸。

媽媽的話，你們不要嫌太多就好。

小鼴鼠妙妙

仰首向天，高聳的樹呈箭狀，彷彿要射向慘白的天空。

這裏沒有黑煙，沒有交通的嘈雜，閉上眼睛，幾乎可以聽到蟲在葉子上爬行時發出的聲音。

這是一個十分受歡迎的政府公園，內有整個夏天有無數人到來露營的營地，但很可能就只有他一人能看到那些奇怪的事，遇上了不可思議的神奇魔法，而如果是這樣，那必定是有一種力量在刻意安排他要遇上這一切。可是他想不透是甚麼力量，而背後的原因是甚麼。

地上有所動靜。泥土從地下被翻動一直到地上，一隻小鼴鼠突然就在他腳前冒出來。小鼴鼠身後跟著一隻大耳鼠，再後面有一隻體型較大的，不知如何能從那細小的洞爬出來的長耳兔。

他生平從沒有見過鼴鼠。三隻動物抬頭看著他，他情不自禁地說：「這的確是一座神秘的森林，這地方真是太奇妙了！」

三隻動物也不閒著，馬上走到桌子上，大口大口地吃著新鮮的士多啤梨。但他明明沒有帶士多啤梨來。

看著動物在快意地吃東西，感覺十分滿足的樣子，這應該是個美好的早晨吧。他走

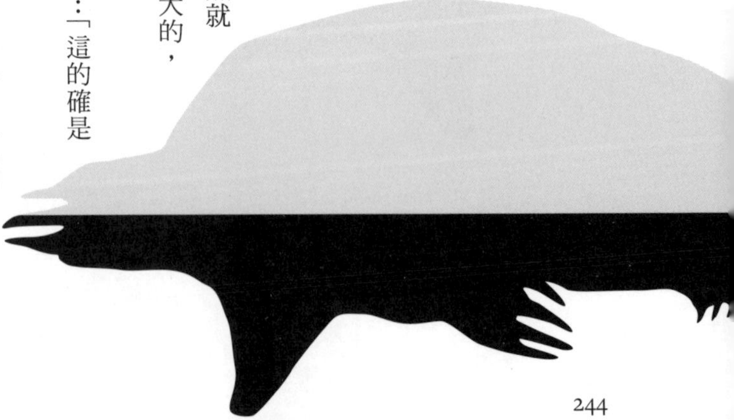

上前，輕輕伸出手，動物馬上停止動作，像影片被定格。他把手收回，動物又馬上吃起來。長耳兔的耳朵一直在微微抖動，不用回頭也能探測他是否心懷不軌，也大概知道他並沒有惡意，便繼續痛快地吃。

動物知道的，遠比人多。只是人類改造的能力比動物大，當然破壞力也一樣。說不定，他現在踩著的地方，本來就是牠們的家？

小鼴鼠停下來，用細小的眼望了望樹梢。樹梢上一隻鬃獅蜥像得到了默許地，也來到桌上吃東西。

他的耳旁響起了飛快的拍翼聲音，蓬蓬蓬蓬的，像要鑽進他的耳窩。他以為是蜜蜂回來了，然而並不是，一隻靈活的蜂鳥左右擺動，甚至向後飛。他從未見過向後飛的蜂鳥。牠的身體是那麼的小，士多啤梨比牠的頭還要大很多，很難想像牠就是救火英雄。蜂鳥最後想停在長耳兔的頭上，最後落到桌上，啄食桌上的士多啤梨籽，跟鼴鼠、老鼠、兔子和鬃獅蜥各不相干。

桌下忽然鑽出兩隻體型較大的東西，深棕色，濕濕的，像剛比賽完的運動員，口中還咬著接力棒不放。一前一後兩隻河狸，是不是就是島上看到的那兩隻？繼而出現一家大小，黑白灰相間的幾隻，他竟然單憑遠看，就能鐵定牠們就是當日移民到他們屋頂的浣熊家族。

他徹底放棄了自己的理智，不再以既有的邏輯去分析眼前的事。

人家說人在臨死前會看到很多過去的片段及各種奇怪的影像，他越想越覺得合理了，除了山上一連串怪事，現在陸續在眼前出現的，大概是昔日舊事的巧妙重疊，那距離終點的感覺逐漸接近了。

桌上在吃東西的所有動物都忽地閃開了，一隻老虎以君臨天下的姿態走近，嗅了嗅桌上的水果，不屑一顧地。頭上有隻蜜蜂，想在老虎頭上叮螫？

也許，我時日無多了。他心想。

可是，他的孩子怎麼辦？已經沒有了媽媽，再失去爸爸的話，豈不是變成童話故事的慘劇主角？

他絕對不想有絲毫放棄的念頭，可是孩子也不是被放棄，而是不見了。解困的方法可能只有一個：離開這個地方，離開魔法樹林。回到山下法力應該會消失。但這樣便意味著他要丟下相信仍在山上的孩子，一個人獨自離開。單是有這個想法，他的胸口已在痛。

那是萬般不得已的做法，而且指定時間已到，他必須把營地交還了。

神秘男子沒有再出現，也再沒有新的紙卡，沒有人能給他一絲提示，半點智慧。

在下山的路上，他心酸地哭了起來，像被全世界拋棄了一樣，像是他剛拋棄了全世界一樣。

重新回到城市的感覺，已是桃花依舊。路牌模糊一片，紅黃綠交通燈只有一種顏色——他無心細看的顏色。他心中浮現一句話：山中方一日，世上已千年。會不會他的家已不復存在？

回到家門前，似是別無異樣。

門口堆了幾個包裹。幾盒網購的兒童口罩，另外是零食和消毒用品，最大的一盒非常之重，他打開一看，是《小鼴鼠妙妙奇遇記》第二及第三輯。

全新的。

拆開盒子，第一本是《小鼴鼠妙妙進城歷險記》。他翻看一下，故事好像似曾相識，好像跟孩子在營地胡亂編的有點相似。

大門蓬的一聲打開。

「爸爸你去拿信為甚麼這麼久？這是甚麼？小鼴鼠第二和第三輯？哈哈！好嘢！」

兩個孩子又來一番你爭我奪，幸好有兩輯書，他們一人抱著一套，坐在客廳地上安靜地細讀起來。

「爸爸，終有一天我們可以見到小鼴鼠嗎？」

「爸爸，終有一天我們可以見到大老鷹嗎？」

「爸爸，終有一天我們可以見到兔寶寶嗎？」

「爸爸，終有一天我們可以飛上七重天嗎？」

「爸爸，終有一天我們可以見到媽媽嗎？」

「你們知道故事的世界不是真實的，對吧？」

他差點說出愛麗絲的夢遊世界在幾十年前曾經被某些地方列為禁書，原因是人與動物不能平起平坐地交談；人禽有別，不能以假亂真。

「但你怎知道那些事情永遠不會發生？」

看到地上的口罩，想到疫情，他無話可說，誰又想到全世界會經歷這樣的一場災難？如果這一切都是夢境就好了，然而這個夢境又應該從那一點開始？回到疫情之前？妻子離開之前？孩子出生之前？認識妻子之前？能不能一覺醒來，他自己也仍是個小孩？如果可以，他又會從頭做些甚麼？而如果這真的是夢，這也極可能是內心潛意識的反射，然而他又怎知道自己是不是在一場比之前的夢更要真實的夢境之中？

他手上有剛從對面街的信箱拿回來的信及重複的傳單；課程簡介、樓盤新貨、超市大減價，其中厚厚的一份，是金耳山公園的小冊子，更附有營地折扣。

「你們想去露營嗎？」

孩子一溜煙走到後院，說要看士多啤梨長出來沒有。

他倒是不記得自己有種過士多啤梨。

後記

這是送給妻子的故事。

雖然小說結構不十分嚴謹，取材不夠大眾化，故事佈局未必緊湊，人物設計頗為單調，沒有反派人物來作衝擊，文字營造也嫌粗糙，結局不是很圓滿，但是對閱讀沒甚麼興趣的我來說，這仍是一個不可多得的、難以向別人表明有多滿足的小小經驗及成就。

金耳山的故事場景設置於全球疫情流行的期間，這方面沒有假。關於疫情，我想在這裏花時間說一下。全球疫情在二〇二〇年開始，令全世界人類上了寶貴的一課已是眾所周知，在北美的人有幸居住於人口密度較低的地方，然而又因為文化及經濟先行的政治因素，一直只採取觀望的過於樂觀的輕鬆態度，只要醫院不超出負荷，能夠同時保持經濟及社會運作正常，便算是防疫成功，衛生官已經可以出書大談成功心得了。因為孩子仍小，未能接種疫苗，而且有太多未知之數，我們的生活都非常謹慎，已有一年多沒有上街吃飯，活動也只選人少的戶外地方，到山上露營便是最理想的夏日活動。

直到現在小孩能接種了，病毒卻已變種了。疫苗的意義，成為了口罩效用後的另一論爭議。而爭議尚未有定論，新的傳染病又出現了。

那由捷克布拉格藝術家 Zdeněk Miler 寫的《小鼴鼠妙妙奇遇記》，我們也的確收到第一輯，寄件人到現在仍是個謎。第二輯與第三輯我在坊間尋找了很久，最後託了一個剛移民去台灣的香港朋友替我搜尋，結果對方說找到了，卻又因疫情期間種種貨運問題而未能寄出，一波三折，到現在仍未能到達。

不過，這似乎已經不重要。那些未有來到的故事，在《金耳山奇遇記》中已有了雛型，是孩子們塑造的雛型，那跟 Zdeněk Miler 的《小鼴鼠妙妙奇遇記》有沒有異曲同工之妙，有沒有相映成趣的效果，見仁見智。我不能以任何成年人的老練口吻，去打擊他們創造故事的能力。何況在創作故事方面，我自己也是新手，即使我是爸爸，也沒有資格去批評好壞，把他們的故事改頭換臉，又或者我應該強調，他們純真的創造力比我們大人更完美，所創造的故事世界更能感動人心。

人人都能寫小說，而寫小說的方法及技巧並沒有固定的邊界，在大眾共同擁有的語言框架內，能各自做出的想像世界必定是多姿多采，方法形式理應不能盡錄，這是我在完成這小說後得到的重要而且珍貴的信念。正如 Zdeněk Miler 在一九六五年製作《小鼴鼠與火箭》（在小說第一部份有提及），也不會想到五十年後的二〇一一年，小鼴鼠毛公仔竟會被真正的美國太空人 A. J. Feustel 帶到太空上去，小鼴鼠更在二〇一八年再次進入太空，與國際工作人員在太空逗留了半年的時間。所以，我們不要隨便框限了自己的界線，能力既是與生俱來，但一切也同樣是後天由自己努力去創造的。

小鼴鼠妙妙在 Zdeněk Miler 製作的幾十部長短動畫之中，並沒有真正的對話，妙妙只能以簡單的感嘆詞、笑聲或哭聲去表達感受，以推進故事的發展。這令我想起孩子在年幼時，在牙牙學語的階段，並不能好好表達自己的情緒及所需，但在妻子的悉心照料下，語言並不是必要的東西，跟媽媽的感應本來就很自然地在語言之外。這是作為爸爸，無法達到的境界。

妻子本來就是寫小說的，寫作對於她來說，是一個屬於她的自給自足的世界，裏面有她個人的珍貴腦神經在那個無人知曉的世界遊玩，一個人玩，她與她的角色在玩，而我並沒有參與的份兒。但可以肯定的是，妻子的小說啟發了我。讀著她的小說，我彷彿就看到往日妻子關在電腦房內，每天逐片逐片把她心中的小說世界拼湊出來的身影。那種累積的、追尋自我實現的力量，那種我欠缺的力量，我非常尊重；雖然她的小說出版後銷量好像不理想，坊間大概欠缺討論，可能她也覺得她並沒有得到甚麼認同，但她從沒有向我說過半句。

如果她能看到我這個小說，會不會笑翻了肚？會否不留情面地批評？會不會對我另眼相看？又如果另眼相看，我們的關係是否就不一樣？在寫作的期間，我重新感到妻子就在我身邊，不是依偎在旁邊，也不是在不能忽視的眼前，更不是令人寒慄地在後面窺看，而就是「在我身邊」。又或者她知道我也寫作後，會感到很不屑，不高興她那份獨特被我分享了？不，妻子不是那樣心胸狹窄的人。

以往每晚睡前妻子跟孩子讀故事書的情景仍然十分清晰，那些被翻得破爛的書，是歲月的證據，也是愛的證據。今天，孩子已不再看那幾本文字簡單的硬皮圖書了，他們追求更豐富的文本，更精彩的插圖，更奇幻的旅程，而我並沒有一一陪同前往，心中的確有愧。可是我已經無法回到孩子的世界，無法再看那些令他們可以開懷大笑的漫畫。我不知道，是漫畫太幼稚，還是我已經太老。

的確，孩子一天天地成長，我也肯定是一天天地老去。我很希望能夠看到孩子也一直老去，見證他們生命中遇上的各種奇遇。而我花時間寫出這樣的「奇遇」，也多少犧牲了陪伴他們的時間；但減少了陪伴他們的時間，他們也許便可以有更多的機會自行去發掘其他奇遇。

這一生能遇上你也是奇遇，有太多事足夠讓我一一回想，只是未能和你去金耳山露營。也許，下一生可以？

金耳山奇遇記

The Adventures of Golden Ears

黃敏華

責任編輯
羅文懿

書籍設計
姚國豪

插畫
Vincent Yiu

出版
P. PLUS LIMITED
香港北角英皇道四九九號
北角工業大廈二十樓
20/F., North Point Industrial Building,
499 King's Road, North Point, Hong Kong

香港發行
香港聯合書刊物流有限公司
香港新界荃灣德士古道二二〇至二四八號十六樓

印刷
美雅印刷製本有限公司
香港九龍觀塘榮業街六號四樓A室

版次
二〇二三年一月香港第一版第一次印刷

規格
大三十二開（138mm × 195 mm）
二五六面

國際書號
ISBN 978-962-04-5129-4

Published & Printed in Hong Kong, China.